Narrateurs sans âmes

Éditions Verdier
11220 Lagrasse

Du même auteur

Opium pour Ovide
à paraître dans la même collection

Yoko Tawada

Narrateurs sans âmes

Traduit de l'allemand (Japon)
par Bernard Banoun

Collection « Der Doppelgänger »
VERDIER

Collection dirigée par Jean-Yves Masson

www.editions-verdier.fr

ISBN : 2-86432-336-2
ISSN : 1158-5544

Quelque chose d'étranger sorti de la boîte

Toutes les villes comptent un nombre étonnant de gens qui ne savent pas lire. Certains sont encore trop jeunes, d'autres refusent d'apprendre les signes graphiques. Il y a aussi beaucoup de touristes et de travailleurs venus de pays étrangers où l'on vit avec d'autres signes graphiques. L'image de la ville se montre à leurs yeux comme cryptée ou voilée.

Lorsque je suis arrivée à Hambourg, je connaissais toutes les lettres de l'alphabet, certes, mais je pouvais regarder longuement chacune d'elles sans reconnaître pour autant la signification des mots. Ainsi, je regardais tous les jours les affiches collées face à l'arrêt de bus, mais je ne lisais jamais les noms des produits. Je sais seulement que l'une des plus belles portait sept fois la lettre *S*. Je ne crois pas que cette lettre m'ait rappelé la forme d'un serpent. À la différence d'un serpent vivant, le *S* n'est pas fait de chairs et de liquides, comme d'ailleurs toutes les autres lettres de l'alphabet. À force de répéter dans ma bouche le son *s*, je m'aperçus que ma langue avait tout à coup un goût étranger. J'ignorais jusque-là que la langue pût avoir un goût.

À la même époque, je fis la connaissance d'une femme qui attendait à l'arrêt de bus, et son nom commençait par un *s*: elle s'appelait Sascha. Je sus tout de suite qu'elle ne savait pas lire. Toutes les fois qu'elle me voyait, elle me regardait avec intensité et intérêt mais n'essayait jamais de déchiffrer quoi que ce soit sur mon visage. Il m'arrivait souvent à cette époque que des gens se troublent quand ils ne pouvaient pas lire mon visage comme on lit un texte.

Curieusement, on compare souvent l'expression d'un visage, lorsqu'on ne la comprend pas, à un masque. Cette comparaison est-elle liée au désir de découvrir derrière le visage étranger un visage connu ?

Sascha admettait sereinement toute forme d'illisibilité. Elle ne voulait rien « lire », mais tout observer exactement. Elle devait avoir le milieu de la cinquantaine. Je ne me rappelle pas la couleur de ses cheveux. Ne l'ayant pas appris quand j'étais enfant, je n'arrive pas à me souvenir d'une couleur de cheveux.

Sascha attendait souvent à cet arrêt de bus où elle venait chercher son amie. Car Sonia, comme elle appelait son amie, ne pouvait pas descendre seule du bus. Ses bras et ses jambes ne pouvaient pas atteindre ensemble un même but, car ils ne respectaient pas les ordres.

Sascha maintenait les bras et les jambes de Sonia en criant plusieurs fois leur nom, comme si le nom pouvait faire de ses membres une unité.

Sascha et Sonia habitaient ensemble dans un appartement. Trois fois par semaine, quelqu'un venait pour s'occuper des papiers. À part lire et écrire, elles savaient faire tout ce dont elles avaient besoin dans la vie.

Elles m'invitèrent aussi plusieurs fois à prendre le café. Jamais Sascha et Sonia ne me posèrent certaines questions auxquelles j'étais par ailleurs constamment confrontée. Ces questions commençaient par « est-ce vrai que les Japonais... ». C'est-à-dire que la plupart des gens voulaient savoir si ce qu'ils avaient lu dans un journal ou une revue était vrai ou faux. On me posait aussi souvent des questions commençant par « est-ce qu'au Japon aussi... ». J'étais incapable d'y répondre. La moindre tentative de décrire la différence entre deux cultures échouait : cette différence m'était appliquée directement sur la peau comme une écriture étrangère, je pouvais la sentir, mais non la lire. Un son étranger, un regard étranger, un goût étranger produisaient un effet désagréable sur mon corps, jusqu'à ce que mon corps lui-même se transforme. Les sons *ö* par exemple pénétraient trop profondément dans mes oreilles et les sons *r* me raclaient la gorge. Certaines expressions me donnaient la chair de poule, par exemple « taper sur les nerfs », « en avoir par-dessus la tête », ou « finir en eau de boudin ».

Pour la plupart, les mots qui sortaient de ma bouche ne correspondaient pas à ce que je ressentais. Mais je constatais aussi que ma langue maternelle ne me fournissait pas davantage les mots correspondant à ce que je ressentais. Simplement, je ne l'avais pas perçu avant de commencer à vivre dans une langue étrangère.

J'étais souvent dégoûtée par les gens qui parlaient couramment leur langue maternelle. Ils donnaient l'impression de ne pouvoir penser et éprouver que ce que leur langue mettait tant de promptitude et de complaisance à leur offrir.

De notre arrêt de bus, on voyait non seulement les diverses affiches publicitaires, mais aussi les enseignes de quelques restaurants. L'une était celle d'un restaurant chinois qui s'appelait Le Dragon d'or. Dorés et verts, deux signes en écriture chinoise scintillaient. « Le premier signifie "or" et le second "dragon" », expliquai-je à Sascha un jour qu'elle regardait longuement l'enseigne. Sascha me dit que le second signe avait effectivement une forme semblable à celle d'un « vrai » dragon. C'est juste, on peut voir dans ce signe l'image d'un dragon : la petite case en haut à droite pourrait être une tête de dragon et les traits, du côté droit, me font penser au dos du dragon. Mais Sascha savait que ce n'était pas l'« image » du dragon, car elle me demanda si je savais l'*écrire*.

Quelques semaines plus tard, Sascha me montra une tasse à thé et me dit y avoir découvert le signe « dragon ». Ce signe figurait en effet sur la tasse. Sascha l'avait trouvée dans un magasin et s'était empressée de l'acheter. Pour la première fois de sa vie, elle savait lire. Je voulus alors lui enseigner d'autres signes graphiques. Elle restera bien sûr analphabète, puisqu'elle ne pourra pas lire l'*alphabet,* mais elle est capable maintenant de lire un idéogramme et elle sait que l'alphabet n'est pas le seul système d'écriture au monde.

Face à l'arrêt de bus se trouvait un petit magasin où Sascha achetait parfois un savon pour Sonia. Sonia adorait ces savons, ou plus exactement, elle adorait leurs papiers d'emballage. Ces emballages étaient trompeurs : en effet, ils portaient des dessins de papillons, d'oiseaux ou de fleurs, tandis que le contenu était un savon. Il n'existe guère de produits sur l'emballage desquels est peinte une chose sans rapport direct avec le contenu. Quand Sascha lui donnait un savon, Sonia s'empressait de le déballer pour le remballer aussitôt.

Un jour, l'emballage d'un savon représentait un phénix et portait d'une écriture fine le mot « savon », ce que Sonia ne pouvait naturellement pas lire. Sonia ne comprenait que l'image du phénix et le contenu de l'emballage : le savon.

Si figure sur l'emballage un dessin de phénix, et non un morceau de savon, c'est uniquement grâce à ce qui est écrit, pensai-je alors. Sinon, sans rien d'écrit, par quoi la signification du contenu, le savon, pourrait-elle être retenue ? Le savon, au fil du temps, pourrait alors se transformer en phénix et s'envoler.

Un jour, j'achetai dans un supermarché une petite boîte sur laquelle était dessinée une Japonaise. À la maison, j'ouvris la boîte et vis un morceau de thon. Au cours de la longue traversée, la Japonaise semblait s'être changée en un morceau de poisson. C'était un dimanche, le jour où j'eus cette surprise, car j'avais décidé de ne rien lire d'écrit le dimanche. Au lieu de quoi j'observais les gens que je voyais dans la rue comme s'ils étaient des lettres isolées. Parfois, quelques personnes s'asseyaient à une table dans un café et, pendant un moment, ils formaient un mot. Puis ils se dispersaient pour aller former un autre mot. Sans doute venait-il un instant où la combinaison de ces mots formait par hasard plusieurs phrases et où j'aurais pu lire cette ville étrangère comme un texte. Jamais je ne découvris une phrase dans cette ville, mais seulement des lettres, et parfois quelques mots sans aucun rapport avec le « contenu » de cette civilisation. Ces mots me poussaient de temps en temps à ouvrir l'emballage extérieur et je découvrais dessous un autre emballage.

Narrateurs sans âmes

I

Ces temps derniers, l'un des mots allemands qui me plaisent de plus en plus est le mot *Zelle*, « cellule ». Il me permet d'imaginer dans mon corps une multitude de petits espaces vivants. Chaque espace contient une voix qui raconte. Les cellules sont donc comparables à des cellules de moines, des cellules de prison ou des cabines téléphoniques. C'est beau, une cabine téléphonique éclairée de l'intérieur dans une rue obscure. Dans le quartier de Tokyo où j'ai grandi, il y avait un parc planté de ginkgos et, dans un coin du parc, une cabine téléphonique très appréciée des jeunes filles. Du coucher du soleil jusqu'à minuit, elle était continuellement occupée. Sans doute les jeunes filles y étaient-elles plus à l'aise que chez leurs parents pour donner libre cours à leur talent de raconter. Tenant bien en main le combiné et sans cesser de parler, elles lançaient alentour leur regard vide et plein de vie, comme si elles apercevaient leur interlocuteur quelque part dans les airs. Éclairée de l'intérieur, la boîte de verre transparente où se tenaient les jeunes filles se dressait dans le parc au milieu des silhouettes sombres des arbres. Quand j'étais moi-même encore une jeune fille, cette image me fascinait déjà. Le contenu des conversations, lui, ne m'intéressait guère. En général, les filles parlaient des semblables masculins avec lesquels elles avaient une liaison. La cabine téléphonique évoquait parfois un arbre transparent habité par un génie de l'arbre. Au début du conte japonais *La Princesse du bambou*, un vieil homme aperçoit un bambou lumineux. Il l'abat et découvre à l'intérieur une fillette nouveau-née qu'il élève avec sa femme. À la fin du conte, la fillette, devenue une femme, s'envole pour retourner à l'endroit d'où elle vient : la lune.

La cabine téléphonique nocturne aurait pu être aussi un vaisseau spatial venant d'atterrir dans le parc. Les habitants de la lune ont envoyé sur terre une petite lunienne pour enquêter sur notre vie. En ce moment, la jeune fille fait son premier compte rendu. Comment raconte-t-elle ce parc ? Si peu de temps après l'arrivée, a-t-elle déjà tant de choses à raconter ?

Bien plus tard, en Autriche, je vis une cellule qui me rappela aussitôt la cabine téléphonique. Elle était en bois massif et se trouvait dans un coin sombre d'une église catholique. Les parois de la cellule dégageaient chaleur et calme. Je me pris à penser que j'aimerais bien moi aussi être dedans, à raconter, comme les filles de la cabine téléphonique. Une personne de ma connaissance me dit que cette cellule s'appelait un « confessionnal » et que, tout comme dans la cabine téléphonique nocturne, on y racontait des aventures sexuelles. Mais à la différence d'une cabine téléphonique moderne, le confessionnal était en bois et il se dressait là comme un arbre aux racines s'enfonçant dans le sol. Il ne volait pas comme un vaisseau spatial. Parmi ces cellules où l'on raconte, certaines étaient donc sédentaires et d'autres semblaient mobiles.

Je compris alors pourquoi la pièce dans laquelle on écrit, si elle ressemble à une cellule de prison, se prête mieux à la production d'un écrit érotique qu'une grande pièce où la sensualité est mise en scène visuellement. Je fais peu de cas de l'ascèse et je ne pense pas que, pour pouvoir passer dans l'écriture, le plaisir doive être réprimé dans la vie. L'affirmation selon laquelle on ne vit pas vraiment quand on écrit ne peut venir que de personnes concevant l'homme et sa vie comme un sujet et un objet. Ces personnes diraient peut-être qu'il faut avant tout vivre sa vie. Moi, je dirais que je vis et que ma vie vit aussi. Et mon écriture aussi. C'est pourquoi la question de savoir si l'on vit sa vie quand on écrit est mal posée. Une telle question ne vise qu'à placer l'homme au centre.

Être assis dans une cellule et écrire n'a rien à voir avec l'ascèse. Mais bien plutôt avec l'activation des cellules de chair qui forment dans le corps leurs propres cellules, cellules de moine, cellules de prison et cabines téléphoniques. Dans ce genre d'espaces clos, bien des récits sont racontés. Tandis que j'écris, j'essaie d'entendre les récits qui viennent de mon corps. Je remarque, en les écoutant, à quel point mes cellules me sont étrangères. Elles ont leur origine dans l'hérédité et dans ce que j'ai mangé. C'est pourquoi il arrive assez souvent qu'un récit entendu dans mon corps me paraisse très éloigné dans le temps ou l'espace.

Est-il d'ailleurs possible de comprendre la langue des cellules ? Cette question me fait penser à une autre image de cellule : la cabine des interprètes de conférence. On voit souvent lors de congrès internationaux ces belles cabines transparentes où se tiennent des gens qui racontent : ils traduisent, faisant ainsi des récits de récits. Les mouvements de la bouche, les gestes et les regards de chacun des interprètes de conférence sont si personnels qu'on a du mal à croire que tous traduisent le même texte. Il ne s'agit d'ailleurs peut-être pas en réalité d'un unique texte commun ; au contraire, les traducteurs, en traduisant, montrent que ce texte est plusieurs textes simultanément. Le corps humain lui aussi a plusieurs cabines où s'opèrent des travaux de traduction. Il s'agit là, je suppose, de traductions sans original. Mais il y a des gens qui considèrent que chacun possède de naissance un texte original. Le lieu où ce texte est conservé, ils le nomment *âme*.

2

À Hambourg se trouve un tout petit port sur l'Elbe, appelé Teufelsbrück, le Pont du diable. Il y a très longtemps, on tenta en vain de construire un pont sur l'Elbe qui fût assez solide pour résister aux violentes tempêtes d'automne. Le diable proposa aux commerçants de Hambourg, désespérés, de construire un pont indestructible. Pour récompense, il voulait une âme. Les commerçants lui promirent de lui donner une âme quand le pont serait achevé. Mais une fois que le diable eut terminé son travail, aucun des commerçants ne se déclara prêt à céder son âme. Au diable qui attendait de l'autre côté du pont, ils envoyèrent alors un rat, et le diable, de rage, piétina le rat puis disparut sous terre. Depuis, l'endroit s'appelle Teufelsbrück.

La première fois qu'on me raconta cette légende, je ne la compris pas car j'ignorais que les rats n'ont pas d'âme. Ou, plus exactement, j'ignorais que pour le diable, qui est chrétien, les rats n'ont pas d'âme. Dans d'autres religions qui parlent de l'âme des plantes et de l'âme des animaux, il va de soi qu'un rat a une âme – et cette âme ne vaut pas moins que celle d'un commerçant de Hambourg. Le diable n'aurait pas été abusé.

Je me représente l'âme humaine sous deux formes : ma première image de l'âme est un petit pain oblong que j'ai mangé un jour à Tübingen. En Souabe, cette sorte de petit pain est appelée *Seele*, « âme », et beaucoup de gens ont une âme de cette forme. Mais cela ne veut pas dire que l'âme soit placée dans leur corps comme l'un de ces petits pains. L'âme est plutôt, dans le corps, un trou qu'il faut toujours remplir avec le petit pain ayant la même forme ou avec un embryon, ou bien avec la vapeur de l'amour. Sans quoi les porteurs d'âme ont l'impression qu'il leur manque quelque chose.

Ma deuxième image de l'âme est un poisson. Le mot *See-le* indique que l'âme a un rapport avec un lac, *See*, et en tout cas avec l'eau. Cela m'évoque l'âme d'un chaman. Chez les Toungouzes par exemple, on dit que l'âme d'un candidat chaman descend le cours d'eau de la tribu jusqu'à la région où habitent les esprits des anciens chamans. Là, à la racine de l'arbre des chamans de la tribu, se trouve un animal, la mère des chamans, elle dévore l'âme qui arrive puis elle la remet au monde sous forme animale. L'animal peut être un quadrupède, il peut être un oiseau ou un poisson ; quoi qu'il en soit, cet animal joue le rôle de double et d'esprit protecteur du chaman.

C'est une belle chose de se représenter que, quelque part au monde, l'âme vit sa propre vie sous forme animale. L'âme est indépendante de la personne. L'homme ne peut pas savoir ce qu'elle vit, mais il existe tout de même une relation entre l'homme et son âme. Moi aussi, j'aimerais mener une vie avec la personne que j'appelle « mon âme » tout comme le chaman le fait avec son âme : je ne la vois jamais, je ne lui parle jamais, mais tout ce que je vis et écris est en rapport avec sa vie. J'ai l'air d'un être sans âme car mon âme est toujours en chemin.

3

J'ai lu dans un livre sur les Indiens que l'âme ne peut pas voler plus vite qu'un avion. C'est pourquoi on perd son âme quand on voyage en avion, et on arrive à destination mentalement absent. Même le Transsibérien roule plus vite qu'une âme ne peut voler. Lors de ma première venue en Europe, par le Transsibérien, j'ai perdu mon âme. Quand je suis repartie par le train, mon âme était encore en route vers l'Europe. Je n'ai pas pu l'attraper. Lorsque je suis revenue en Europe, elle était en route vers le Japon. Ensuite, il m'est si souvent arrivé de voler dans un sens et dans l'autre que je ne sais plus du tout où mon âme se trouve. C'est en tout cas une raison pour laquelle, généralement, un voyageur manque d'âme. Le récit d'un grand voyage doit donc être fait sans âme.

4

Il existe selon Walter Benjamin deux sortes de narrateurs : « Quand on fait un voyage, on a quelque chose à raconter, dit le parler populaire, imaginant le narrateur comme quelqu'un qui vient de loin. Mais on n'aime pas moins écouter celui qui honnêtement est demeuré au pays et connaît ses histoires et ses traditions. Si l'on veut représenter ces deux groupes dans leur type archaïque, l'un s'incarne dans le laboureur sédentaire, l'autre dans le marin faisant du négoce. »

Il y a des gens qui voyagent beaucoup plus loin que les marins et demeurent beaucoup plus longtemps au même endroit que le plus vieux des laboureurs : ce sont les morts. Aussi les morts sont-ils les plus intéressants des narrateurs. Mais le problème est qu'on ne comprend pas leur langue, qu'on ne peut même pas la percevoir acoustiquement. Comment faire entendre les récits des morts ? C'est l'une des tâches les plus ardues de la littérature, et les civilisations la résolvent diversement.

Un théâtre, par exemple, est souvent un lieu où les morts peuvent prendre la parole. On en trouve un exemple simple dans *Hamlet* : le père mort entre en scène et raconte comment il a été tué par son frère. C'est l'un des moments décisifs de la pièce, un moment sans lequel ni Hamlet ni les spectateurs n'auraient accès au passé. Ils auraient dû continuer à croire le récit du meurtrier affirmant que le père d'Hamlet avait été mordu par un serpent venimeux. Grâce au récit du mort, nous apprenons un morceau de passé, ce qui aurait été impossible sans lui. La scène de théâtre est le lieu où devient audible ce qu'on ne peut apprendre autrement. Ailleurs, nous n'entendons guère que les récits des vivants. Ils essaient d'imposer leurs histoires pour se justifier et pouvoir continuer à vivre, comme l'oncle d'Hamlet. Les morts racontent d'une manière fondamentalement différente, car ils ne racontent pas pour cacher leurs blessures.

5

Il existe, à part les théâtres, d'autres lieux où l'on peut entendre les récits des morts : les musées ethnologiques par exemple. Le musée ethnologique de Hambourg abrite, debout l'un à côté de l'autre, de nombreux cercueils transparents, chacun contenant un personnage mort. Chaque personnage incarne un peuple. Un cercueil debout rappelle une cabine téléphonique car les personnages donnent l'impression d'être sur le point de raconter. C'est sans doute pour cette raison que les cercueils doivent être debout et non couchés, comme c'est généralement le cas.

Les personnages dans les cercueils – des poupées en matière synthétique – rendent sensible le lien entre la mort et les poupées : tous les peuples représentés sous forme de poupées ont été, à un moment de l'histoire, conquis et en partie détruits par d'autres sur le plan culturel ou économique. Ici aussi, comme dans d'autres musées, un rapport de forces est visible : ce qui est représenté est également ce qui a été conquis. Un loup empaillé sera exposé dans un musée d'histoire naturelle, jamais un loup ne pourra exposer un homme. Dans un musée historique, il règne en outre un rapport hiérarchique entre le passé et le présent.

Tant qu'un étranger apparaît comme menaçant, on tente de l'anéantir. Quand il est mort, on l'expose gentiment sous forme de poupée dans un musée où l'on peut l'admirer, lire des explications sur son mode de vie, voir des photographies de son pays. Mais une chose demeure, qu'on ne comprend pas. Un voile sépare le visiteur de musée de la poupée morte, et il ne peut pas apprendre grand-chose. On en apprend beaucoup plus si l'on essaie de décrire un peuple imaginaire. Comment vit-il ? Comment fonctionne sa langue ? À quoi ressemble une organisation sociale tout à fait étrangère ? Il est tout aussi intéressant de jouer à l'observateur venant d'une civilisation fictive. Comment décrirait-il « notre » monde ? C'est ce qu'expérimente l'ethnologie fictive, où l'élément fictif n'est pas ce qui est décrit, mais celui qui décrit.

6

Les poupées et la mort ne peuvent être pensées séparément, comme le montre ce petit exemple emprunté à mon récit *Là où commence l'Europe*.

Il y a longtemps, à l'époque où, dans de nombreux villages japonais, les habitants vivaient dans une pauvreté désespérée, des femmes tuaient parfois leurs propres enfants juste après leur naissance au lieu de mourir de faim avec eux. Afin que les hommes n'oublient jamais qu'ils avaient survécu aux dépens de ces enfants, on fabriquait, pour chaque enfant mort, une poupée de bois, appelée *kokeshi*, ce qui signifie « l'enfant-supprimé ».

7

Le langage des poupées est difficile à comprendre. Les poupées sont généralement muettes pour nos oreilles. À vrai dire, on ne peut pas comprendre non plus le langage des morts. Généralement, on ne les entend même pas. Pour les entendre, il ne faut pas s'obstiner à vouloir comprendre.

Je me rappelle le jour où j'eus la sensation d'avoir entendu le langage des morts. Il y a douze ans, au printemps, me rendant en Europe, je fis une halte d'une semaine à Katmandou chez des gens que je connaissais.

Un de leurs amis, un Népalais, arriva alors que nous étions en train de boire le thé. Il venait nous montrer deux choses dont il était très fier : une bouteille d'eau-de-vie maison et une moto neuve qu'il venait de s'acheter. Quand il apprit que j'étais pour la première fois à Katmandou, il me proposa de faire un tour de la ville avec lui sur sa moto. Je pris place sur le siège arrière et il démarra. Ce fut un tour au sens propre, car il suivit sans s'arrêter le boulevard circulaire. Je sentis bientôt ma tête tourner. L'atmosphère raréfiée se raréfiait encore davantage et, au loin, les montagnes pâlissaient. Une heure plus tard, nous n'étions pas en ville dans un café comme je l'avais proposé, mais à l'extérieur de la ville, dans un village tibétain. Je vis devant moi un temple d'où l'on entendait sortir une prière. À force d'écouter attentivement, j'entendis plusieurs voix. Je regardai dans le temple et vis un seul moine assis en position de prière. Plusieurs voix sortaient de son corps. Après avoir repris sa respiration, il déployait une voix profonde, comme un tapis sur lequel pouvaient alors apparaître plusieurs autres voix. Il faisait sortir des voix de lui-même et offrait un corps de résonance à ces narrateurs qui n'en possèdent pas un en propre. Les morts, par exemple, qui n'ont pas leur propre corps de résonance, pouvaient se rendre audibles par la voix du moine.

J'essayai alors à mon tour de produire un tapis de voix. Je n'y réussis pas tout à fait, mais pour la première fois j'entendis consciemment quelques voix secondaires vibrer tandis que je parlais. Je commençai à faire attention aux voix secondaires en parlant. Il ne s'agissait plus de raconter au lieu d'écouter, c'était un récit qui naissait de l'écoute.

Peut-être est-ce l'oreille, et non la bouche, l'organe du récit. Pourquoi, sinon, le poison aurait-il été déversé dans l'oreille du père de Hamlet et non dans sa bouche ? Pour couper un homme du reste du monde, il faut supprimer d'abord son oreille, et non sa bouche.

8

Il existe aussi des poupées capables d'articuler le langage des vivants. En 1992, je me rendis à Londres pour connaître ce genre de poupées. Pas seulement les très populaires figures de rockers en cire capables de chanter et de parler, mais aussi quelques automates moins connus ayant la forme d'un devin ou d'un médecin et parlant notre langue. Je trouvai sur une place de marché un automate-médecin. Quand je m'assis en face de lui, il me dit d'une voix mécanique de poser les mains sur la plaque de verre. Le plateau de la table qui nous séparait était une plaque de verre à travers laquelle on voyait sa mécanique complexe et fascinante. Il lut les lignes de mes mains, c'est-à-dire qu'elles furent déchiffrées comme des lettres. Le médecin fit un signe d'approbation et, d'un geste sûr, prit un morceau de papier. Il rédigea une ordonnance et me la donna. Malheureusement, son écriture était illisible. Une ligne rageusement ondulée courait de gauche à droite. C'est à cela que ressemblait une traduction écrite des lignes de ma main. Je fis comme si je pouvais lire l'écriture, remerciai l'automate-médecin et quittai la place du marché.

Il ne faut le dire à personne, mais l'Europe n'existe pas

I

Je me souviens d'une conversation avec Xander, un personnage de mon récit *Le Bain.* À l'époque, Xander considérait la couleur de peau « blanche » comme faisant partie de son corps et non comme une métaphore.

« Croyez-vous vraiment que la peau ait une couleur ? » lui demandai-je, d'un air dubitatif, pour éviter de prendre le ton de celle qui voudrait donner une leçon.

Il eut un rire bref et répondit : « Quelle question ! Croyez-vous donc que la couleur vient de votre chair ? »

Tel un professeur de physique, je lui expliquai : « La chair non plus n'a pas de couleur. La couleur naît du jeu de la lumière à la surface de la peau. Il n'y a pas de couleur *en* nous. »

Déconcerté, Xander répondit : « Mais la lumière ne joue pas de la même manière sur la peau, chez vous et chez nous. »

Je fus surprise de l'entendre accentuer à ce point les mots « vous » et « nous ». Je ne comprenais pas son intention : s'il attachait une importance à son identité de

« Blanc », il aurait plutôt dû affirmer qu'aucun « Blanc » n'a une peau couleur de papier et que le point commun entre ceux qu'on appelle les Blancs se situe à un tout autre niveau.

De la main gauche, il se caressait le bras droit comme s'il voulait s'assurer qu'il avait une peau de couleur blanche.

Je répondis : « La lumière joue différemment selon les peaux, selon les personnes, les mois, les jours. »

Sans lumière, il n'y a pas de couleur, et quand on se trouve dans l'obscurité sans rien lui attribuer de négatif, elle nous donne la chance de libérer nos yeux des images quotidiennes.

La perception visuelle nous est si commode que, le plus souvent, nous restons passifs. Par paresse, nous transférons nos images linguistiques dans le domaine visuel, au lieu de traduire dans la langue le jeu de la lumière. Voici un Noir, dit le cerveau, et les yeux sont désormais incapables de percevoir vraiment une peau.

2

N'ayant pas été habituée à faire attention à la couleur des cheveux et des yeux, je ne remarquais pas vraiment que les couleurs qui se reflètent sur les Européens et sur moi à la lumière naturelle sont différentes.

Mais ce qui me frappait, c'est qu'un corps européen est toujours en quête d'un regard. Non seulement le visage, mais aussi les doigts ou même le dos réclament un regard. C'est pourquoi chacun doit sans arrêt jeter un regard sur le corps d'autrui. Et ce n'est pas tout : les yeux ont également le devoir de montrer une réaction. Une réaction négative est admise, l'absence de réaction ne l'est pas. Dans le métro ou dans le bus, je devais souvent fermer les yeux tant cette tâche m'exténuait. Dans la rue, j'entendais parfois des remarques agressives, pour la seule raison que je n'avais pas adressé un regard à un homme. Je ne veux pas percevoir tout le monde visuellement, et encore moins devoir me former une opinion sur chaque personne, car il se produirait alors un phénomène inverse : mon corps deviendrait à son tour quelque chose qui doit continuellement être reformé par le regard des autres.

Le corps qui veut et doit être vu est un corps européen. Ce n'est même pas forcément une question de narcissisme. Ce besoin est bien plutôt causé par la crainte que ce qui n'est pas vu peut à chaque instant disparaître.

3

Le mot « Europe » m'évoque deux personnages de théâtre : l'un est féminin, l'autre masculin.

Personnage masculin, Europe désire avant tout être regardée par le public. On peut la critiquer, mais en aucun cas on ne doit dire qu'elle n'existe pas. Elle n'est pas facile à critiquer car elle-même se critique sans cesse et elle le fait si vite et si bien que nul autre ne le pourrait mieux qu'elle. Elle va même jusqu'à critiquer une autre civilisation quand celle-ci est trop influencée par elle. Dans ce cas, sa critique s'exprime ainsi : « Pourquoi ne restes-tu pas toi-même ? Pourquoi m'imites-tu alors que je suis mauvaise ? »

Europe est championne de la critique. C'est l'une de ses propriétés. Quand elle ne critique pas, elle disparaît. Elle ne redoute rien plus que la non-existence. J'ai essayé moi aussi de la critiquer, comme elle l'exigeait de moi, mais en vain. Tout au plus pouvais-je reproduire son autocritique. Il ne me venait pas de meilleure critique à l'esprit. Critiquer n'a jamais été une manière productive de m'exprimer sur moi-même ni sur quelque chose d'étranger. Mais pour elle, il est malhonnête, mensonger ou presque immoral de ne pas critiquer soi-même et les autres. Elle ne parle jamais d'une personne, d'un événement ou d'une institution sans les critiquer. Non qu'elle veuille tout dénigrer, mais parce que la critique est la forme fondamentale de sa pensée.

4

Personnage féminin, Europe se serait perdue à une époque mythique. Je voyais de temps en temps dans un café, assis autour de leur table d'habitués, quelques Européens déguisés en chevaliers s'entretenir de l'Europe perdue. Ils en arrivaient régulièrement à la conclusion qu'elle n'était plus là et, tout en buvant du bon vin, discutaient des moyens de la retrouver. Au bout d'un moment, ils rentraient paisiblement chez eux. Je suppose que les chevaliers faisaient seulement comme si un personnage important était perdu, et ils lui donnaient le nom d'Europe. Car ils avaient besoin d'un personnage susceptible d'être idéalisé du fait qu'il était perdu.

En écrivant dans l'un de mes poèmes qu'il n'y a pas d'Europe, je n'entendais nullement par là qu'elle était perdue. Je voulais plutôt déclarer qu'Europe, dès l'origine, avait été inventée comme une figure de la perte.

J'éprouve parfois le besoin de redonner un corps à ce personnage idéalisé. Mais c'est impossible. Quand je dis que cette chère Europe « avait une otite » ou que « son auriculaire est plus grand que son annulaire », ses oreilles et ses doigts se métamorphosent en métaphores, et son corps perd à nouveau sa corporalité.

5

L'idée selon laquelle seule la musique européenne serait de la vraie musique est sans doute plus répandue au Japon qu'en Europe. De nombreux Japonais n'hésitent pas à considérer la culture d'un point de vue eurocentriste. À leurs yeux, la culture européenne n'est pas la propriété des Européens car il est facile pour les autres de l'imiter. Ils disent qu'une culture capable d'imiter le mieux la culture européenne est la meilleure culture, ce qui n'est sûrement pas le cas de l'européenne mais, par exemple, de la japonaise. Ce nationalisme contourné est devenu chose banale au Japon.

Le Japon n'existe pas en Europe, mais on ne le trouve pas non plus hors d'Europe. Pour voir l'Europe, il faut que je mette des lunettes japonaises. Comme il n'existait et n'existe rien qui ressemble à une « vision japonaise » – chose que je ne déplore aucunement –, ces lunettes sont forcément imaginaires et il faut sans cesse les refaire. Même si je suis née et si j'ai grandi au Japon, ma vision japonaise ne saurait donc être authentique.

Mais mes lunettes japonaises ne sont pas un instrument qu'on peut tout simplement acheter en magasin. Je ne peux pas non plus les mettre ou les ôter selon mon humeur. Ces lunettes sont nées de mes douleurs oculaires et ont pénétré dans ma chair de même que ma chair a pénétré dans les lunettes.

6

On pourrait concevoir l'Europe non seulement comme un personnage, mais aussi comme une somme d'images. Je pourrais tirer de ma collection quelques belles cartes postales et en faire un monde imaginaire.

Mais je m'abstiendrai. Car le résultat risquerait de n'être rien de plus qu'un orientalisme inversé.

Directement ou indirectement, les images sont toujours liées à la perception visuelle. Or je voudrais percevoir l'Europe non plus avec mes yeux, mais avec ma langue. Si ma langue sentait le goût de l'Europe et disait l'Europe, alors je pourrais peut-être franchir la frontière qui sépare l'observateur et l'objet. Car ce qu'on a mangé va dans l'estomac et ce qu'on a dit arrive dans la chair via le cerveau.

7

À mon arrivée en Europe, je n'avais rien à raconter sur l'Europe, car je ne parlais aucune des langues que comprenaient mes nouveaux concitoyens. Peu à peu, à force de répéter tout ce que disait Xander, j'ai appris sa langue.

Cette langue, avec laquelle maintenant je parle de l'Europe, est aussi une langue européenne. Non seulement la langue, mais peut-être aussi les figures d'argumentation et le ton que j'emploie appartiennent à l'Europe et non à moi. Je répète l'Europe en Europe. À peine commencé-je à parler de l'Europe que je la répète. C'est pourquoi je cesse de parler. Il faut que je réfléchisse à une autre méthode afin de savoir m'y prendre avec elle.

—

Corps de l'écriture, corps écrit

La naissance d'un texte se prépare tandis qu'un autre s'écrit. L'écriture d'un texte enfante de nouvelles idées, mais celles-ci ne trouvent pas place dans le texte. Cet excédent est comparable à un résidu, il naît de la production et se retrouve superflu. Il n'est d'ailleurs pas fortuit que l'écriture produise beaucoup de résidus, car la langue ne manque pas d'absurdité : elle tente sans cesse d'affirmer autre chose que ce que l'auteur croit vouloir dire. Ce qui est éliminé, le résidu, a souvent plus de valeur que le produit lui-même, il ne disparaît pas sagement dans le néant, il se révolte et il écrit le texte suivant. Et le texte suivant, à son tour, produit un résidu. La chaîne de production de résidus est sans fin, de sorte qu'on ne peut jamais cesser d'écrire. Quand cela a-t-il donc commencé ? Quand fut écrit le premier texte ? On ne saurait le dire. Tout texte est second, il est résidu. On n'a, semble-t-il, jamais commencé à écrire, on a toujours écrit.

L'idée que, chez moi non plus, l'activité d'écrire n'a pas de commencement est en soi assez païenne. Mais je dois ajouter quelque chose de tout aussi païen. On n'est pas obligé de quitter le chamanisme pour entrer dans le bouddhisme. Mon écriture n'évolue pas linéairement, sur une seule voie. Elle comporte plutôt de nombreux courants parallèles, qui vont à des vitesses variables, parfois ils vont aussi à reculons, ou de côté. De plus, aucun de ces courants ne peut être qualifié de courant principal. La plupart des formes dans lesquelles j'écris sont des êtres hybrides. On y trouve diverses langues et divers genres : j'écris, et en japonais, et en allemand, tant de la prose que des pièces de théâtre, de la littérature et de la théorie. La plupart des auteurs cessent d'écrire dans une langue une fois qu'ils ont commencé à écrire dans une autre. Cela ne m'étonne guère, car une langue essaie de détruire une seconde langue vivant sous le même crâne. Chaque fois que j'ai travaillé avec acharnement à un texte japonais, je suis incapable de rédiger un texte en langue allemande. En rampant, j'entre péniblement dans la langue allemande que je ne reconnais plus, pas à pas, aveugle et vulnérable, je tâte les mots avant de me trouver de nouveau dans l'écriture. Mais j'ai alors le sentiment de n'avoir jamais écrit en japonais. Plus un seul mot japonais qui soit capable de me pousser à écrire ne me vient à l'esprit. Tous les mots sont morts, ou plutôt, c'est moi qui suis morte dans cette langue. Je pose malgré tout sur le papier des signes graphiques japonais, l'un après l'autre. Lentement, les signes graphiques se mettent à évoquer des images, des mots, des idées, pour communiquer avec eux. Dans de tels instants, les langues font semblant de vous aider à exprimer. Mais je ne crois pas à la bonne volonté des langues. Les langues sont des monstres qui préfèrent détruire toute « expression ». Cette destruction, c'est justement elle que j'ai volontairement choisie pour méthode littéraire. Je veux, au début de tout nouveau texte, être rejetée au point zéro, à ce point où la langue est absente, où il ne va pas de soi que la moindre phrase produise un sens. La littérature qui m'attire le plus est celle qui connaît cette impuissance, cette absence de la langue.

Dans les années quatre-vingt-dix en Allemagne, j'entendais de plus en plus le mot *Heimat*, « terre natale ». On plaint souvent les immigrés parce qu'ils sont loin de la terre natale. Or l'idée de la terre natale absente exprime surtout le lien intense des Allemands avec leur terre natale, bien plus que la situation des gens d'origines différentes vivant en Allemagne. Ces derniers ont du mal à comprendre la mélancolie liée à ce mot *Heimat*. Une femme de ma connaissance, écrivain qui a dû quitter son pays pour des raisons politiques, m'a raconté un jour que l'émigration avait été pour elle un enrichissement culturel. Son mal-être ne provenait jamais de ce qu'elle avait quitté le lieu où elle était née, mais de la politique qui, entre autres raisons, l'avait poussée à cette décision. Curieusement, beaucoup de gens en Allemagne ont plaisir à entendre dire qu'émigrer fait perdre quelque chose.

Dans mon cas, en venant à Hambourg, j'ai pu devenir deux fois étrangère. J'y ai rencontré une langue étrangère, et j'ai redécouvert ma langue maternelle comme langue étrangère.

L'un des éléments les plus importants de la littérature est pour moi le signe graphique. Je me rappelle un jour de mon enfance où j'écrivis du doigt dans le sable la syllabe japonaise *ma*. Fière d'être déjà capable d'écrire ce signe, je voulus le montrer à une camarade debout derrière moi. Mais je fus soudain prise d'une incertitude : n'avais-je pas écrit ce signe à l'envers, comme son reflet dans un miroir ? Je m'empressai de l'effacer avec les doigts. Plus tard, à l'école, il m'arriva d'être envahie par une incertitude semblable : si l'œil était un miroir, il réfléchissait tout à l'envers. Cela voulait dire que je devais écrire tous les signes à l'envers afin que le lecteur les lise correctement. Mais peut-être que ce qui ne paraissait pas inversé comme un reflet dans un miroir l'était déjà, car moi aussi, de mes yeux, je le voyais.

Plus tard, en Europe, je rencontrai le thème du miroir : dans la littérature d'E.T.A. Hoffmann, dans *Le Stade du miroir comme formateur de la fonction du Je* de Jacques Lacan, etc.

Voici dix ans, à l'occasion d'une recherche sur la littérature japonaise médiévale, j'ai constaté que dans les textes étudiés, un personnage n'utilisait jamais le miroir pour voir son propre visage. Le miroir servait plutôt aux morts pour passer dans le monde des vivants.

Parmi les livres pour enfants qui me reviennent souvent à l'esprit, l'un était un conte chinois, sur un pinceau magique. Quand on dessinait un serpent avec ce pinceau, il se changeait en un serpent vivant. Je devais avoir alors six ans et je ne savais pas encore distinguer exactement entre « écrire » et « dessiner », car les deux choses se disent *kaku* en japonais. Ce n'est que plus tard, lorsque j'appris à écrire ces deux notions non plus dans l'écriture syllabique mais avec deux idéogrammes, qu'elles se dissocièrent nettement.

Le mot *kaku* signifie aussi gribouiller, gratter ou graver. Je n'y avais jamais réfléchi avant de lire *De la grammatologie* de Derrida.

À l'âge de seize ans environ, je commençai à lire avec ferveur la littérature russe. Mais à cette époque, lire et écrire étaient deux activités distinctes. Je lisais avec enthousiasme Dostoïevsky, Tchekhov, Gogol, Pouchkine, etc., mais j'ignore s'ils ont influencé mon écriture.

Je me rappelle une anecdote russe que j'avais lue à l'époque dans un cours de langue. Je n'ai pas pu l'oublier car elle m'a montré que ce qu'on appelle réalité se modèle sur ce qui est écrit, et non l'inverse. Il s'agit d'un architecte qui travaille jour et nuit pour terminer le plan d'un immeuble d'habitation. Dans la nuit qui précède la date de remise, alors que le plan est enfin prêt, une goutte d'encre tombe sur le papier. Son patron, un homme méchant et tatillon, le licenciera certainement sur-le-champ s'il rend le travail avec un gros pâté. Que faire? Sa femme a une bonne idée. Tous deux, une grosse pelle sur l'épaule, se rendent à la ville dans la nuit, ils déterrent un arbre dans un parc et le plantent sur le terrain où doit être construit l'immeuble. Le lendemain, quand le patron, en colère, lui demande ce que vient faire cette tache sur le dessin, il répond calmement : c'est un arbre qui est déjà là et, pour des raisons esthétiques, il doit y rester après la construction de l'immeuble.

Un auteur ne décrit pas un arbre qui est déjà là, il pose un signe, un signe graphique ou un signe de ponctuation, ou peut-être une tache d'encre, et la réalité se modèle sur cela. La tache d'encre est particulièrement intéressante dans la mesure où ce signe n'a pas été placé là consciemment par l'auteur, il y vient à la suite d'une erreur de l'auteur. Et qui sait si cette tache d'encre n'est pas comparable à un lapsus chez Freud.

Les signes graphiques sont des êtres sur une surface, sur cette surface il y a des traces. À ce propos, j'ai été fascinée par quelques écrits de Walter Benjamin sur l'apprentissage de l'écriture, qui vont au-delà d'une problématique pédagogique. L'enfant qui apprend à écrire doit apprendre à quitter l'espace familier en trois dimensions et à se déplacer sur une surface, une surface déjà dotée de signes graphiques. L'enfant peut entrer dans cette surface en rendant l'écriture plus dense. Beaucoup d'enfants commencent tôt, spontanément et sans contrainte, à rendre l'écriture plus dense, ils le font en gribouillant des livres. Cela veut dire que la première surface d'écriture est déjà couverte d'écriture et qu'il s'agit non d'un « approfondissement » mais d'une « densification ». Les observations de Benjamin vont plus loin. Le mouvement de la main qui écrit pour la première fois des signes graphiques est lié à l'angoisse et à la douleur de la séparation. Généralement, on oublie ces sentiments en « devenant adulte ». Pourtant, il arrive que les adultes qui apprennent un nouveau système d'écriture retrouvent ces sentiments.

La première fois que je vins en Europe, l'alphabet n'avait pour moi rien d'exotique. On trouve à Tokyo beaucoup de panneaux publicitaires et d'emballages de produits en écriture alphabétique. Pour un enfant qui doit apprendre à l'école deux ou trois mille signes, ces vingt-six caractères ne sont pas difficiles à retenir. Curieusement, l'alphabet ne me devint étranger que lorsqu'il me fut devenu impossible de me passer de la langue allemande pour écrire. Je ne pouvais développer certaines idées qu'en utilisant l'alphabet, et pourtant chaque lettre donnait alors l'impression d'être singulièrement vide. Je ne pouvais croire que ces signes fussent capables de transporter une quelconque signification. Tandis que je travaillais avec acharnement à un texte, les signes graphiques commençaient à se désagréger, et chaque signe se présentait comme un corps sans message – c'est le caractère animiste des signes graphiques.

Il existe différentes écritures dans lesquelles le corps graphique de l'alphabet est pris au sérieux: les anagrammes d'Unica Zürn, que j'ai découverts pendant mes études à Hambourg, en sont un exemple. C'est à Sigrid Weigel – qui m'a d'ailleurs fait connaître la plupart des textes de langue allemande qui sont importants pour moi – que je dois d'avoir découvert les livres d'Unica Zürn.

Un jour que, dans un séminaire à l'université, nous essayions d'écrire nous-mêmes des anagrammes, une excitation et une joie peu communes s'emparèrent des étudiantes. Généralement, la plupart d'entre elles étaient très gênées d'écrire des poèmes. Mais composer des anagrammes les rendit soudain disponibles, insouciantes, sensuelles, inventives, délivrées de toute pression morale et de toute idée de devoir. J'étais assise là, tout étonnée, et je me sentais exclue. Je ne pouvais partager leur joie de se sentir libérées de la sorte, mais j'ignorais pourquoi. Dans aucun séminaire je ne me suis sentie plus seule que dans celui-ci. Je me suis aperçue plus tard que la poésie en anagrammes n'était pas pour moi une libération, car toute phrase allemande était déjà pour moi comme une anagramme. Le sens menaçait toujours de se désagréger, ou bien il m'apparaissait déjà comme un fragment. Les caractères se détachaient à chaque instant, je composais les mots d'une manière extrêmement artificielle. Cela donnait des textes que je ne comprenais pas ou qui me surprenaient, comme on est parfois surpris par ses propres rêves. Ce côté anagrammatique fait le quotidien de quiconque vit dans un autre système d'écriture.

On me demande parfois si mon intérêt pour le corps de l'écriture provient de la tradition des idéogrammes chinois. Je suppose qu'il a été plutôt suscité par ma rencontre avec l'alphabet. Qu'il s'agisse du théâtre nô, de la forme romanesque de Murasaki Shikibu ou des *Notes de chevet* de Sei Shonagon, de nombreux éléments de la culture asiatique ne doivent l'importance qu'ils ont aujourd'hui pour mon écriture qu'à ma fréquentation des cultures européennes.

À des yeux étrangers, les signes de l'écriture chinoise peuvent paraître pittoresques ou imagés. Or c'est précisément chez eux que le sens est contenu de manière indestructible. Pour la langue japonaise en particulier, qui a partiellement adopté l'écriture chinoise, l'idéogramme incarne la logique, l'abstraction, la conceptualisation, tandis que l'écriture syllabique exprime le ton, les sentiments, humeurs et changements. Tout idéogramme a au moins une signification, il correspond généralement à un mot, de sorte qu'on ne peut jouer avec lui aux anagrammes. J'ai lu récemment qu'au Japon, certains malades mentaux inventent de nouveaux idéogrammes. Cela pourrait être l'équivalent des méthodes anagrammatiques.

Il existe une légende, celle d'un musicien ambulant aveugle, appelé Hoichi. En s'accompagnant d'un instrument à cordes, le *biwa*, Hoichi contait l'histoire de la dynastie des Heike, chassés du pouvoir au douzième siècle par la dynastie des Genji et pour la plupart exterminés. Un jour, un moine lettré entendit par hasard Hoichi chantant dans la rue. Les gens du petit peuple qui composaient son public l'écoutaient, fascinés. Quand arriva le moment le plus captivant, ils furent nombreux à pleurer. Le moine s'éprit d'Hoichi et le conduisit dans son temple. Il lui offrit une chambre et des repas, en échange de quoi Hoichi devait habiter là et ne chanter dorénavant que pour lui. Hoichi était content de ne plus devoir affronter la faim ni le froid. Quant au petit peuple, qui n'entendrait plus jamais la voix d'Hoichi, il fut déçu. Mais il y avait encore un autre groupe d'auditeurs auquel Hoichi manquait : les esprits des morts de la dynastie des Heike. Trois groupes de récepteurs se font ici concurrence : le peuple qui aimait la voix d'Hoichi, le moine qui, pour savourer l'art « pur » d'Hoichi, vint en aide à l'artiste grâce à son argent et à son pouvoir, et les esprits des morts auxquels la voix d'Hoichi permettait de demeurer dans la mémoire collective. Toutes les nuits, les esprits enlevaient Hoichi, l'emmenaient dans leur cimetière et l'obligeaient à chanter pour eux. Quand le moine s'aperçut de ces enlèvements, il fit écrire sur la peau d'Hoichi un texte de prière le protégeant des esprits. Finalement, son corps tout entier fut couvert de signes sacrés, mais ceux qui étaient chargés d'écrire le texte avaient oublié d'écrire sur les oreilles. La nuit venue, les morts apparurent, ils s'étonnèrent de ne pas voir Hoichi, ils ne virent que ses oreilles. Ils crièrent le nom d'Hoichi mais ne reçurent pas de réponse. Ils finirent par lui arracher les oreilles avant de les emporter. Hoichi serra les dents, il ne cria pas et resta assis sans bouger dans l'obscurité.

En matière d'écriture, les récepteurs importent peu, mais je ne puis oublier leur pouvoir lorsque je pense à Hoichi, le musicien, chanteur et narrateur aveugle au corps couvert d'écriture et aux oreilles arrachées, assis, solitaire et barbouillé de sang entre le peuple, le moine et les morts.

Visa-JE-s

Depuis que je suis née en ce monde, je n'ai jamais vu mon visage du dehors. Aucun miroir ne me montre à quoi je ressemble lorsque je converse avec quelqu'un d'autre. Je discerne souvent des traits énigmatiques dans le visage des autres. Ils me fascinent, et je les reflète sur mon visage. Mon visage est un cahier d'esquisses. La personne qui parle avec moi découvre sur mon visage des croquis de ses propres traits, elle y entre comme on monterait dans un train.

J'ignore ce à quoi je ressemble, vue du dehors. Mais j'ai souvent vu mon visage de l'intérieur : un paysage ombragé avec une forêt marécageuse et deux lacs gelés, et aussi une grotte de stalactites et deux tunnels avec des coquillages dans un filet. J'entre dans ce paysage, je m'y égare.

Je n'arrive pas à voir de l'intérieur le visage de cette femme. Alors je deviens une brise et je caresse la surface de son visage. Son visage est un paysage sans habitants.

La brise lit les caractères brailles écrits sur un champ. À cet instant, deux lacs apparaissent sur le champ. Toucher, c'est voir sans distance. Quand le vent souffle, les herbes blondes et les eaux bleutées murmurent.

La grotte à stalactites d'où souffle le vent aveugle abrite un monstre nu à la peau rouge et humide. Le sol est trempé et visqueux, luisant et rouge sang. L'abdomen du monstre est fixé dans le sol. Il ne gronde pas, ne hurle pas, ne parle pas. Mais quand l'animal bouge, un vent gémissant se lève. Il s'envole hors de la grotte et se transforme en mots.

Un vent aveugle se lève dans un paysage et se déplace vers un autre. Puis il revient et continue vers un troisième paysage. Le vent n'appartient à aucun lieu. Soudain, plus rien ne bouge, puis le vent se remet à souffler. Ce vent-ci est-il un autre que le précédent ? Comment distinguer entre deux courants d'air ? Un vent a-t-il un visage ?

Je vois le visage du vent quand l'eau montre des rides de rires ou fait des grimaces. Je vois son visage quand, sur l'arbre, la dernière feuille secoue la tête. Le visage du vent est ce que le vent met en mouvement.

Reflet

Il était une fois un moine qui, voyant dans un étang un reflet de la lune, se jeta à l'eau pour le prendre dans ses bras. L'étang était au bout d'une petite forêt. Le temple était de l'autre côté de la forêt. Un chemin étroit menait du temple à l'étang, à travers la forêt. Un autre chemin conduisait du temple à un village. On empruntait très rarement ce chemin. Le moine se levait tous les matins à cinq heures, lavait les salles du temple, étudiait les livres sacrés et travaillait l'après-midi au jardin. Il y cultivait des légumes et des céréales. C'était là sa nourriture. Le soir, il reprenait l'étude des livres sacrés. Quand il veillait trop tard, il s'endormait parfois à son pupitre.

C'était une nuit de pleine lune. Le moine s'endormit tandis qu'il lisait son livre de prières. En dormant profondément, il traversa la forêt jusqu'à l'étang.

Le moine longe la rive de l'étang et voit la lune dans l'eau.
Il la voit les yeux clos car il dort.
Voir ne le réveille pas.

Se réveiller ne l'aiderait pas à voir.
Il se jette à l'eau.
Et puis ?
Il se noie.
Il boit.
Il boit l'eau. Il boit la lune.
Il voulait prendre la lune dans ses bras. Et finalement, il l'a bue.
Et il se noie.
Qui êtes-vous ?
J'aime lire, et la nuit, je vais me promener quand je ne trouve pas le sommeil. Et alors je vois ce que je viens de lire.
On voit dans l'eau ce qu'on a lu.
On le voit dans le ciel.
Le moine ne se jette pas tout de suite à l'eau.
Il regarde à gauche et puis à droite.
Il regarde en l'air et se dit qu'il n'y a pas de lune dans le ciel.
Pardon ?
La lune n'existe pas en tant que telle. Il n'y a que son reflet dans l'eau.
Peut-être qu'on ne peut tout simplement pas la voir.
Voir ne signifie pas grand-chose.
Peut-être que la lune n'est tout simplement pas là aujourd'hui.
Elle n'a jamais été là.
Pourquoi le moine voit-il alors le reflet de la lune dans l'eau ?
Le reflet est d'hier.
Ou bien c'est la lune qui est d'hier.
On ne voit pas la lune d'hier.
La lune que personne ne voit est de la veille.
Elle n'est pas dans le temps qu'il faut.

Ce qui ne vit pas dans le temps qu'il faut, on ne le voit pas comme il faut.
Le moine ne voit pas avec le regard qu'il faut.
Non, c'est seulement la lune qui n'apparaît pas quand il faut.
Une vraie lune peut aussi être fausse quand il ne faut pas.
C'est une lune en faux que personne ne voit.
Ce que personne ne voit ne peut être faux.
Le moine ne remarque pas qu'il ne voit pas la lune qu'il faut.
La lune ne sait pas qu'on ne la voit pas comme la lune qu'il faut.
C'est seulement un reflet. Un reflet n'est jamais faux.
Ce n'est pas un reflet, c'est une lune d'eau.
Le moine voit une lune faite d'eau. Cette lune est liquide, mais elle n'est pas que surface.
Elle est surface seulement lorsqu'on la regarde.
Elle n'est plus surface une fois qu'on la touche.
La main qui la touche se mouille.

Un jour plus tard, le journal rendit compte du suicide du moine. Beaucoup de gens du village s'en étonnèrent, car il était rare qu'un moine meure ainsi. Ils s'aperçurent alors combien ils en savaient peu sur sa vie. Ils ne l'avaient pas vu souvent. Lorsqu'ils discutaient avec lui, il parlait toujours de la mort. Mais cela était simplement dû à son métier. Personne ne pensait que le moine mourrait aussi un jour. Certains dirent qu'il était peut-être tombé par inadvertance dans l'étang et s'était noyé. D'autres dirent que c'était impossible parce que le moine savait très bien nager. Enfant, il aimait nager dans l'étang comme tous les autres enfants du village. Il n'allait plus dans l'eau depuis qu'il était moine et qu'il avait appris la crainte de l'eau.

Le moine plonge dans le liquide pour prendre dans ses bras le liquide.
Il ne se noie pas. Il s'accroche à la lune d'eau.
Ses mains se mouillent.
Pour la fluidité du regard, rien de plus solide que l'eau.
Pour l'eau, rien de plus solide que le regard humain.
Le moine regarde la surface de l'eau les yeux fermés.
Il ne nage pas. Il s'assoit sur l'eau.
Il s'allonge sur l'eau. Il ne sait ni où est la terre ni où est le ciel. Celui qui peut oublier le ciel ne sombre pas.
Qui êtes-vous ?
Je parle trop et j'écris trop peu.
Celui qui est assis au bord de l'eau parle beaucoup.
L'eau porte tout dialogue.
Celui qui est étendu sur l'eau ne parle plus.
Qui êtes-vous ?
Je nage trop souvent et je parle trop peu.

Une jeune fille du village se rendit à l'étang. Sa mère lui avait raconté que le moine était mort là-bas. C'était un après-midi tranquille. Le ciel devint de plus en plus sombre et l'air se rafraîchit. Le vent se leva et bouscula la surface de l'eau. La jeune fille entendit un bruit venant de l'eau.

Qu'entendez-vous maintenant ?
J'entends un bruit d'eau.
Les bruits d'eau donnent un peu de lumière.
Que la lumière soit. Et le bruit fut.
Il fait jour. Voyez-vous mieux maintenant ? Non, il y a trop de bruit ici. C'est à cause de cela qu'on voit mal.

Dans le sommeil, on ne voit que par l'ouïe.
Que voyez-vous maintenant ?
J'entends un bruit d'eau.
Le moine se lave les mains dans le paysage nocturne. Parce que ses mains sont trop pures. Il les rince de leur pureté.
Il lave ses mains avec le vent.
Et le vent a la forme d'une vague.
La vague atteint le moine, il est mouillé.
Le moine ne se déshabille pas.
Il ne se montre jamais nu.
Il est assis sur l'eau en habit.
Les plis de son vêtement deviennent des vagues.

Dans le journal, il était écrit que le corps du moine avait été trouvé nu. Le cadavre flottait sur l'eau alors qu'un pêcheur vint à l'étang pour attraper des insectes. La jeune fille voulait retrouver le vêtement du moine mort. S'il était vrai que le moine mort avait été retrouvé nu, alors son vêtement devait être quelque part près de l'étang. Au bout d'un certain temps, la nuit tomba. La mère attendait la jeune fille à la maison. Elle croyait la jeune fille partie au village voisin pour voir son ancienne institutrice. La jeune fille cherchait le vêtement et ne le trouvait pas. Déçue, elle s'assit et regarda dans l'eau. Quelque chose brillait : c'était un livre.

Le moine ne se déshabille jamais.
Il ne se sépare jamais de son vêtement.
Il ne se sépare que de son livre de prières.
Il jette le livre dans l'étang.

Et le livre sombre dans l'eau.
L'eau est froide.
Mais le livre ne se noie pas. Les écritures n'ont pas besoin d'air pour respirer.
Le livre est sous l'eau.
Le moine n'a plus rien à lire. Maintenant il a le temps de se noyer.
Tout le monde sait nager. Seul peut se noyer celui qui sait que l'eau n'a pas de forme.
Seul peut se noyer celui qui sait que son corps n'a pas de forme.
Seul peut se noyer celui qui lit. Que l'eau et le corps n'ont pas de forme, cela n'est écrit que dans le livre.
Le livre est dans l'eau.
Il brille quand la nuit tombe.
Hors de l'eau le livre n'est pas lisible.
Le moine se jette à l'eau pour lire le livre.
Et il se noie. Il sombre et voit de petits éclats de lune.
Il voit des éclats du reflet.
Quand le moine se jette à l'eau, l'image à la surface de l'eau se brise.

La jeune fille s'accroupit, tendit les bras vers le livre et tenta de le saisir. La terre était meuble et elle se déroba sous ses pieds, l'eau était plus profonde qu'il n'y paraissait. La jeune fille tomba à l'eau et se noya. Cette nuit-là pas une lune ne parut.

La lune voit dans l'eau le moine lisant son livre de prières.
La lune se jette à l'eau pour prendre le moine dans ses bras.
Elle se casse.
Elle vole en éclats.

Ses éclats se dispersent dans l'eau.
L'étang est vide, maintenant.
Dans l'étang vide il y a un livre.
Et un moine lisant le livre.
Et la lune avec le moine dans ses bras.
Et une jeune fille morte.
Il était une fois.
Ils sont maintenant. Ils sont ici.
Vous êtes maintenant. Vous êtes ici.

À la recherche de la huitième chose

En Allemagne, le voyageur, pour faire ses bagages, dit qu'il « prend ses sept choses ». Je ne demande pas quelles sont ces sept choses. Le chiffre sept exprime son désir d'être protégé par une force magique pendant le voyage.

Depuis quelques années, j'ai souvent l'impression, après avoir fait ma valise, que manque quelque chose d'important. Une huitième chose me chuchote à l'oreille : Tu m'as oubliée. Elle ne se montre pas, elle ne me révèle pas son nom. Dois-je vraiment l'emporter ? Elle est peut-être superflue, voire nuisible, car elle détruit la magique unité du chiffre sept.

Me revoilà assise devant ma valise, à réfléchir à ce que pourrait être la huitième chose. Sur la vitre obscure se reflètent ma table de travail et une lampe électrique ordinaire allumée. Il paraît qu'elle est de fabrication finlandaise. Si je partais demain pour la Finlande, j'aurais bien une idée pour cette huitième chose : je pourrais emporter mon imperméable bleu clair à capuche blanche. Un stylo et mon journal sont posés sur le bureau. Je n'emporte jamais mon journal en voyage car j'ai peur de le perdre. Un journal, on ne peut même pas le faire assurer. Je préfère écrire plus tard, après mon retour, ce que j'ai vécu en route ; ou bien je m'achète à la gare un cahier d'écolier dont je me sers comme journal. À dire vrai, je n'ai jamais rien perdu d'important au cours d'un voyage. Pourquoi devrais-je perdre précisément mon journal ? Les signes qui ont été écrits chez moi disparaîtraient dans un pays lointain. Cette idée me fait peur.

J'ai du mal à rester assise devant une valise ouverte en me concentrant. Car il faut que je surveille mon chat gris pour qu'il ne saute pas dans la valise. Il tourne lentement autour de la valise, jette des regards curieux sur le contenu. Une lueur d'espoir brille de temps en temps dans ses yeux : le voyage pourrait devenir impossible si la valise se mettait à sentir mauvais. Le chat connaît une bonne méthode pour y parvenir. Mais je ne peux pas fermer la valise. Il faut qu'elle reste ouverte, sinon j'oublierai tout de suite que j'ai encore quelque chose d'important à y mettre.

Il est déjà plus de dix heures. Je voudrais terminer mon travail, m'allonger et lire. Mon réveil, posé sur l'étagère près du lit, indique dix heures dix. Ce n'est pas la peine que je le mette dans ma valise, où je laisse en permanence un réveil de voyage. Certains objets, je ne peux pas les oublier, car je les ai en double. La brosse à dents de voyage, le miroir de voyage et le stylo à bille de voyage restent dans la valise. Ils dédoublent ma vie. Si j'avais aussi une autre personne, un moi de voyage, je n'aurais plus à voyager moi-même.

Cela me fatigue toujours de faire ma valise. La valise absorbe ma conscience. Je voudrais entrer dans la valise, la fermer de l'intérieur et dormir.

Pour me réveiller, j'allume un bâton d'encens indien. Si je partais demain pour l'Inde, je saurais quoi mettre dans ma valise : quelques bâtons d'encens contre les moustiques.

Je me souviens tout à coup que je dois encore terminer la lecture d'un livre. Je suis incapable de continuer dans le train la lecture d'un livre commencé ici. Dans un train, il faut toujours ouvrir un livre nouveau, un livre qu'on n'a pas encore lu.

Le plan de la ville est déjà dans la poche latérale de la valise. Chaque fois que je prends sur l'étagère du lit un plan de ville, un bout de papier tombe par terre, et avec lui « Landauer », « sonneur de cloches », « argile de potier » ou d'autres mots écrits dessus : noms d'hôtel ou de restaurant, ou fragments d'idées qui ne me repasseront plus par la tête. En réalité, j'ai très rarement besoin d'un plan de ville. Je l'emporte, sans quoi je ne peux pas croire que j'arriverai réellement dans cette ville.

En fait, il me faut très peu de choses en voyage. Pas même un bout de savon. Je retrouve toujours dans ma valise des petits savons d'hôtel dans leur emballage fermé. Ce sont les objets que collectionnent ceux qui voyagent. Des petits savons carrés bien emballés dans du papier avec une inscription, ils font penser à ces talismans qu'on peut acheter dans les temples. Depuis des années, je collectionne aussi les sucres, les chocolats et les boîtes d'allumettes d'hôtel.

En somme, on n'a besoin que d'argent et de son passeport. C'est ce que je me dis pour me calmer quand je m'énerve en faisant ma valise.

Je suis déçue quand je vois une personne que j'estime beaucoup chargée de gros bagages.

Mes bagages à moi n'ont pas cessé de se réduire depuis dix-sept ans. Pour mon premier voyage du Japon en Europe, j'avais un sac à dos si lourd et si grand qu'il me faisait doubler de volume. Il me donnait un sentiment de sécurité. À l'époque, je pensais souvent à Basho, l'auteur de haiku qui avait voyagé des mois durant avec très peu de bagages. En 1689, le poète alla à pied d'Edo (aujourd'hui Tokyo) vers le nord, sur la rive Pacifique du Japon. Puis il retourna vers le sud en longeant la mer du Japon. Son voyage ne se termina pas là où il avait commencé. Sur la carte, les traces de son voyage ne forment pas une ellipse, mais un point d'interrogation réfléchi dans un miroir. Lorsque je lus à l'école son récit de voyage, qui mêle la prose et les haiku, je constatai avec étonnement que le peu de bagage qu'il avait était déjà trop lourd pour lui. Un pyjama de papier, un pinceau et un peu d'encre – il n'avait guère plus. Le maigre poète bouddhiste zen renonçait non seulement aux meubles et aux vêtements, mais aussi à tout le superflu pour ce qui était du sexe, de la nourriture et des mots. Or ce léger bagage était encore excessif. Il note que ses « épaules osseuses souffrent » sous ce bagage. Mais il parle aussi de la « lune » qui est littéralement « accrochée » à son cœur. Il n'écrit pas que son cœur est plein du désir de la lune admirable que l'on peut voir à Matsushima, l'une de ses destinations. Ce n'était pas ce désir, mais la lune elle-même, qui était accrochée à son cœur. Or il ne se plaint pas de la lune, qui était sûrement un bagage très lourd.

D'après Basho, l'image que veut trouver un voyageur, une fois arrivé à destination, est déjà accrochée à son cœur au départ, tout comme un tableau est accroché au mur. Depuis que je sais cela, il arrive qu'un groupe de touristes japonais à l'aéroport de Zurich m'apparaisse comme une étrange exposition de tableaux. À chaque cœur est accroché un tableau représentant le mont Blanc, la Jungfrau ou le mont Cervin.

Basho évoque deux dieux qui accompagnent le voyageur : Sozorogami et Dosojin. Le premier suscite chez l'homme le désir des lointains, le second protège le voyageur des apparitions mauvaises. On ne peut pas mettre ces dieux dans la valise. Ils sont là, ou bien ils sont absents, c'est tout.

Une bouteille vide

Les langues sont faites de trous. Quand on regarde une langue du dehors, il lui manque nombre de mots dont on aurait besoin, on a peine à croire qu'il soit seulement possible de raconter une histoire dans cette langue. Mais quand on se meut à l'intérieur d'une langue, on ne remarque pas ces trous. Ils ne sont visibles que du dehors.

Lorsque j'ai commencé à apprendre l'allemand, beaucoup de mots dont j'avais absolument besoin me faisaient défaut. Dire en allemand ce qu'on a pensé en japonais est difficile. On trouve rarement une traduction directe. Il faut recourir à une périphrase qui transmette un contenu analogue. Je recueillais peu à peu des exemples de périphrases utiles, mais cela n'empêcha pas certains mots japonais de rester à l'abandon, tout seuls sur la route, sans avoir trouvé leur équivalent en allemand. Je commençai bientôt à écrire en allemand et ressentis plus fortement encore l'absence de quelques mots clés.

Comment traduire par exemple en allemand les mots japonais *futo* et *omowazu* ? À l'époque, il me semblait encore que je ne pourrais jamais, sans eux, décrire les moments décisifs d'un récit. À l'époque où j'écrivais encore exclusivement en japonais, je ne prêtais guère d'attention à ces mots. Ils étaient aussi nécessaires et aussi invisibles que l'oxygène. Désormais, il me faut réfléchir à eux et inventer de nouvelles images qui les remplacent.

L'expression *futo* revient très souvent dans la littérature japonaise, elle indique l'instant où, pour une raison inconnue, on devient soudain attentif à quelque chose. Il peut s'agir d'un objet, d'une personne ou encore d'une idée. Le mot *futo* place ce que l'on décrit dans le présent de la perception. D'ailleurs, à l'endroit où le mot *futo* marque une césure, on peut aussi, en japonais, passer du prétérit au présent. Perdant toute distance envers le passé qu'il raconte, le narrateur le revit alors comme un présent. En allemand, ces changements de temps ne sont pas très courants.

Si mon dictionnaire japonais-allemand ne donne aucune traduction directe du mot *futo*, il propose en revanche plusieurs périphrases : « juste au moment où je regardai… », « par pur hasard », « avant même de m'en apercevoir… », « je partais quand soudain… », « cela me passe par la tête… », « je le fais sans intention particulière », etc. Toutes ces périphrases cherchent à expliquer que les perceptions *futo* relèvent du « pur hasard », car on ignore la raison pour laquelle on perçoit « soudain ». Or ce n'est sans doute pas un hasard si l'on voit quelque chose à un instant précis. Il n'était donc pas question que je formule une phrase allemande telle que : « Lorsque, sans intention particulière, je regardai là par hasard, je remarquai soudain que toutes les feuilles des arbres étaient déjà complètement jaunes. » À elle seule, la subordonnée « lorsque je regardai » a quelque chose de gauche et de superflu. En allemand, il serait sans doute préférable de se contenter d'écrire que les feuilles ont jauni. Or j'éprouve le besoin de saisir un instant particulier de la perception en tant que tel, mais aussi comme faisant partie du quotidien, et pour cela, il me faut un mot court et beau. Puisque ce mot n'existe pas, je dois sans cesse me poser des questions qui, au Japon, ne me traversaient même pas l'esprit : pourquoi regarde-t-on les feuilles à cet instant précis ? pourquoi justement les feuilles ? la couleur nouvelle des feuilles est-elle décisive ? Quand l'intention, le projet, la rationalité ou la discipline sont trop mis en avant, une vision différente ne peut s'installer. Peut-être celle-ci est-elle liée à des souvenirs généralement inaccessibles.

Il en allait de même pour une autre expression, *omowazu*. Une traduction mot à mot est *unwillkürlich*, « involontairement ». On me demande parfois pourquoi l'étrange mot *unwillkürlich* est si souvent répété dans la littérature japonaise traduite en allemand. Lourd et inorganique, ce mot allemand ne devrait pas être répété trop souvent, alors qu'on fait souvent l'expérience du phénomène suivant : le corps agit vite et violemment avant même qu'on se soit décidé à faire ou à ne pas faire une chose déterminée.

Les gens qui maîtrisent plusieurs langues font souvent un geste particulier : roulant certains mots sur la langue avec un air de délectation, ils soulignent la valeur « intraduisible » de ces mots. Par là même, ils se donnent l'allure de connaisseurs. La valeur de celui qui « maîtrise » la langue et celle de la langue « maîtrisée » s'accroissent ainsi mutuellement. Pour ma part, les mots qui m'intéressent sont plutôt ceux qui font défaut à une langue. Je cherche les lacunes, les trous et les fissures par lesquels jaillit la vie de la littérature.

Depuis que j'écris beaucoup en allemand, les adjectifs de la langue japonaise me paraissent de plus en plus puissants. En allemand, les adjectifs sont des parasites des substantifs. Quand un substantif est au féminin et veut se montrer au datif, l'adjectif lui aussi doit se maquiller en femme et fléchir son corps au datif. L'adjectif japonais, pour sa part, ne s'adapte pas, il peut même déterminer à lui seul le temps de la phrase : *akakatta* (était rouge). Car dans son corps même il comporte le verbe être. Être-rouge n'est donc pas une information supplémentaire sur une fleur, c'est une activité. Je me demande souvent si la dureté d'une pierre ou la chaleur d'une main ne sont pas elles aussi des actions, non moins que le vol d'un oiseau. On considère généralement qu'il y a mouvement lorsque quelque chose se déplace d'un point à un autre. Mais si, par exemple, il fait « clair », l'air est empli d'innombrables particules volant à une vitesse éclair. Un livre est « intéressant » quand sa langue met en mouvement les pensées du lecteur.

Lors de mon premier voyage à travers l'Allemagne, j'entendais souvent dans les auberges de jeunesse une question que les jeunes aimaient poser : « Comment dit-on "Je t'aime" dans ta langue ? » La traduction japonaise mot à mot est : *watashi wa anata wo aishite imasu.* Mais cette phrase ne se rencontre que dans la littérature traduite. Une périphrase fréquente est : *watashi wa anata ga suki desu.* Si on retraduit cette phrase mot à mot en allemand, cela donne : « En ce qui me concerne, tu es désirable. » Le verbe « aimer » n'apparaît pas dans cette phrase et le sujet de la phrase n'est pas un je. Certes, au commencement de la phrase, le je est provisoirement indiqué comme thème de la phrase (les linguistes appellent cela *topic*), mais sans en être le sujet. C'est bien plutôt au milieu de l'adjectif que je perçois l'existence d'un sujet qui, découvrant le côté désirable d'une autre personne, place celle-ci au centre.

Ces deux langues présentent une grande différence quant au sujet. Un exemple intéressant est le mot « je » en allemand, *ich*, pour lequel il n'y a pas, ou plutôt il y a trop de possibilités de traduction en japonais. Le mot *watashi*, déjà mentionné, n'est qu'un mot parmi d'autres permettant de se désigner soi-même. Un petit enfant se désigne souvent par son prénom. Ensuite, les petites filles commencent à utiliser le mot *atashi* et les petits garçons *boku*. Quand les garçons grandissent, certains d'entre eux utilisent un mot ayant une nuance d'insolence, *ore*. À cela se substitue ensuite un terme officiel, *watashi*, ou un terme très courtois, *watakushi*. Ces deux derniers termes peuvent être utilisés par les deux sexes. On trouve aussi en dialecte des termes tels que *ora*, *wate* ou *uchi*. Seul un empereur a le droit d'employer le mot *chin*. Souvent, au lieu d'un de ces termes, on utilise aussi le mot désignant la fonction. Même lorsqu'elles s'adressent à leurs enfants adultes, les mères disent « maman va faire les courses » au lieu de dire « je vais faire les courses ». Et la plupart du temps, on ne nomme aucun sujet du tout.

En Allemagne aussi, un professeur, lorsqu'il enseigne, parle en qualité de professeur. Avec sa grand-mère, il parlera autrement. Mais il utilisera toujours un seul et unique mot, *ich*. En japonais, l'attitude et la position du locuteur sont inscrites dans le mot qu'il emploie pour dire « je ». Je lisais récemment l'autobiographie d'un homosexuel japonais qui, enfant, avait des difficultés particulières avec la façon de dire « je ». Le mot *boku* provoquait une forte résistance émotionnelle chez le petit garçon, qui disait toujours *atashi*, comme une petite fille. Il est intéressant qu'il ait été incapable de dire le mot *boku* alors qu'il ne réfléchissait pas encore aux diverses formes de désir sexuel. Cela indique que les enfants n'ont pas besoin de la pensée analytique pour percevoir les fonctions sociales des mots isolés. À l'inverse, nombreuses sont les petites filles qui emploient comme les garçons le mot *boku* et passent plus tard au mot *atashi*. Ce phénomène a été étudié dans les années quatre-vingt.

J'avais moi aussi de grandes difficultés à me désigner quand j'étais enfant. Je ne pouvais dire ni *atashi* ni *boku* et je considérais comme inconvenant de devoir dire quelque chose de tel. Qu'autrui me traite comme une fille ou me confonde avec un garçon ne me posait pas de problème. Car chacun a de ma personne une image donnée. Mais je ne voulais pas m'exprimer moi-même en tant que fille ou en tant que garçon. Heureusement, en japonais, on n'emploie généralement pas de sujet du tout. Mais il y avait tout de même parfois des situations où je devais spécifier que je parlais de moi. J'utilisais alors le mot japonais *kochi*, qui signifie « ce côté-ci ». Je me sentais alors comme une rive s'adressant à la rive opposée. Arrivée à l'âge de vingt ans, je pus adopter le mot *watashi* qui, ignorant le sexe, indique seulement que l'on parle en adulte. J'acceptai ce mot, mais je demeurai prudente et gardai mes distances envers lui. Car ce mot aussi, dans certaines circonstances, pourrait bien me forcer à jouer un rôle.

Deux ans plus tard, j'arrivai à Hambourg et le mot allemand *ich* fit sur moi l'effet d'un miracle. Car il est vide et léger comme une plume, exempt d'une signification sociale. Tout le monde peut dire « je », indépendamment de la personne à laquelle il s'adresse, de la manière et du lieu, de son âge, de son dialecte, et qu'il soit empereur ou non. Hommes et femmes, enfants et adultes, intellectuels et criminels, tous utilisent le même mot, et c'est d'eux-mêmes qu'ils parlent. De son index transparent, ce mot désigne celui qui parle. À ce moment, « je » n'a ni sexe, ni âge, ni position sociale, ni histoire. Il est fait uniquement de ce qu'il dit, plus encore, il n'existe que parce qu'il parle. *Ich* devint mon mot préféré. De plus, j'aime ce mot qui commence par un *I*, un simple trait, comme l'amorce du coup de pinceau qui touche le papier et annonce en même temps l'ouverture d'un discours. Dans *ich bin*, « je suis », le mot *bin* est aussi un beau mot. Le japonais possède un mot ayant la même sonorité, *bin*, il désigne une bouteille. Beaucoup de choses peuvent couler dans une bouteille. Quand je commence à raconter une histoire par ces mots, *ich bin*, « je suis », un vaste espace de liberté s'ouvre devant mes yeux. Rien n'est encore dit, car le *ich* n'est que la pointe du pinceau et la bouteille (*bin*) est encore vide.

Musique des lettres

Dans ma boîte, une enveloppe qui vient de France. Je l'ouvre et je trouve un poème de Véronique Vassiliou. Je n'ai jamais appris le français et il n'est pas étonnant que je ne comprenne pas le texte. Mais ne rien comprendre du tout est une impression curieuse. Car toutes les lettres que contient ce texte, je les connais. Je ne parle pas non plus chinois, par exemple, mais si je vois le signe qui veut dire « homme », je sais au moins qu'il y a là un homme. À quoi donc ressemble un homme dans une phrase française ?

Je reconnais immédiatement la lettre *d* et malgré tout je ne comprends rien. Elle forme exactement la moitié d'un mot, mais je ne comprends même pas le quart du sens de ce mot. Est-il possible qu'une lettre que je connais ne me donne aucune information ?

Une langue qu'on n'a pas apprise est un mur transparent. On peut regarder au travers, jusqu'au lointain, aucune signification ne s'interpose. Chaque mot est ouvert infiniment, il peut tout signifier. Je vois le mot « du ». Il est difficile de croire qu'il n'ait absolument rien à voir avec le mot allemand *du*. Un « du » qu'on ne connaît pas peut vouloir tout dire : un sac de blé, une poupée mécanique, un pigeon ou une porte. Peu importe ce que j'imagine, les deux lettres *d* et *u* restent telles quelles. Les caractères sont peut-être totalement indifférents à ce qu'ils signifient dans un pays. En Allemagne une chose, en France une autre. Ce sont des nomades ; en chemin, on les comprend toujours différemment, selon la langue où ils passent la nuit. Mais leurs corps restent les mêmes, un *d*, demi-cercle à la main levée, et un *u*, récipient vide.

Le mot « du » est suivi du mot « blanc ». Il me semble l'avoir déjà aperçu. N'était-ce pas ce mot-là, sur le stylo que j'ai admiré dans la vitrine d'une papeterie ? Mais que peut-il signifier, ce mot ? Les noms des marques deviennent vite familiers, on ne réfléchit pas à leur sens.

Je saute quelques mots et je trouve un mot qui me semble également familier : « bleu ». Je le connais par la carte d'un restaurant de poissons. Maintenant, je crois savoir. En fait, je ne sais rien, mais je l'associe à la catégorie des couleurs. Une chance que cette langue ne soit pas trop étrangère. Les mots sont différents, mais les catégories identiques. Que ferais-je s'il y avait une langue où la couleur bleue se rapportait au toucher et où le blanc était compris comme une odeur ? Il ne me resterait sans doute plus qu'à noter ces mots et à fermer les yeux. Autrefois, l'expression allemande *ich weiss*, « je sais », me faisait toujours penser à la couleur *Weiss*, le blanc. *Ich weiss* voulait dire : « Moi papier blanc ». Le moi, quand il sait quelque chose, devient aussi blanc qu'une feuille blanche.

Je continue de regarder le texte français. D'autres mots me frappent : « horizontale », « immobiles ». Je crois avoir compris ces deux mots. Une similitude extérieure ne compte pas pour les mots courts. Mais des mots longs se ressemblent rarement par hasard. Donc plus un mot est long et plus son sens est extérieur. On lit extérieurement une langue qu'on ne comprend pas. On prend son apparence au sérieux. Un texte français a un visage plus rond qu'un texte allemand. Il manque les épaules anguleuses des majuscules qui donnent à chaque ligne d'allemand un aspect architectural.

De la vague arrondie des minuscules surgit soudain, deux fois, le *B* majuscule. Comme deux puissantes notes de basse. Deux mots me sautent aux yeux. Je les comprends, pas de doute : « Bach » et « Bartók ». La musique m'atteint avec l'immédiateté des noms propres, elle est intraduisible, mais en cet instant, en cet endroit, elle est présente.

Je sais que bientôt je recevrai une traduction mot à mot de ce texte. Je suis contente d'avoir vécu quelques jours avec rien d'autre que l'original illisible, et je me réjouis d'avance de la prochaine enveloppe, qui me livrera les significations. La traduction brute, comme une matière première, fournira alors de l'énergie. Ce sera peut-être même une traduction interlinéaire qui me délivrera de la linéarité de la langue. Si un jour je traduis ce texte, c'est une musique que je chercherai. La musique est déjà là, bien sûr, Bach et Bartók, mais la musique, dans une traduction, doit être atteinte une nouvelle fois, il faut un grand détour, l'aide des dictionnaires, des dialogues, des rêves. Par le grand détour de la traduction, je chercherai à atteindre à nouveau l'illisibilité magique d'un poème.

Là où commence l'Europe

I

Pour ma grand-mère, voyager voulait dire boire une eau étrangère. Autres lieux autres eaux. On n'avait aucune raison de craindre un paysage étranger, tandis qu'une eau étrangère pouvait être dangereuse. Dans son village vivait une petite fille dont la mère souffrait d'une maladie incurable. Elle s'affaiblissait de jour en jour et les frères de la petite fille se préparaient déjà en secret à son enterrement. Un jour que la fillette était assise seule sous l'arbre du jardin, un serpent blanc s'approcha et lui dit : « Pars avec ta mère trouver l'oiseau de feu, fais en sorte qu'elle touche ses plumes flamboyantes, et elle guérira. — Où vit-il, l'oiseau de feu ? demanda la petite fille. — Marchez vers l'ouest sans vous arrêter. Derrière trois hautes montagnes, vous trouverez une ville tout éclairée. Au centre, sur une haute tour, est perché l'oiseau de feu. — Comment atteindrons-nous la ville si elle est si éloignée ? On dit que les montagnes sont peuplées de monstres. » Le serpent répondit : « Ne les crains pas. Si tu les vois, rappelle-toi que toi aussi, comme tout humain, tu fus un monstre dans une vie antérieure. N'éprouve nulle haine à leur égard, ne les combats pas, et poursuis ton chemin. Mais n'oublie pas ceci : une fois arrivée dans la ville où vit l'oiseau de feu, ne bois pas une goutte d'eau. » La petite fille dit merci au serpent, retourna auprès de sa mère et lui raconta tout ce qu'elle venait d'entendre. Le lendemain, elles se mirent en route. Sur chaque montagne, elles rencontrèrent un monstre qui voulut les brûler en crachant du feu, vert, jaune et bleu ; mais chaque fois, la fillette se souvint qu'elle-même, un jour, avait été un monstre, et le monstre disparut sous terre. Quatre-vingt-dix-neuf jours, elles marchèrent à travers les forêts et atteignirent enfin la ville, baignée d'une étrange lumière. Elles aperçurent, dans la chaleur torride, une tour au milieu de la ville et, perché tout en haut, l'oiseau de feu. La joie fit oublier à la petite fille l'avertissement du serpent, et elle but l'eau de l'étang. Au même instant, l'enfant eut quatre-vingt-dix-neuf ans et sa mère disparut dans les airs enflammés.

Enfant, je ne croyais pas à l'existence d'une eau étrangère, car je me représentais toujours le globe comme une boule d'eau sur laquelle flottaient une multitude d'îles, petites et grandes, l'eau devait donc être partout la même. Parfois, dans mon sommeil, j'entendais le bruit de l'eau qui coulait sous l'île principale du Japon. C'était de l'eau qui délimitait l'île, une eau dont les vagues venaient sans cesse battre le rivage. Comment savoir où commence l'eau étrangère, si la frontière est elle-même faite d'eau ?

2

Debout sur le pont supérieur, trois équipages russes en uniformes jouaient une musique d'adieu dont la solennité étrangère suscita en moi quelque chose d'inhabituel. Moi aussi, j'étais sur le pont principal, telle une spectatrice de théâtre se retrouvant par mégarde sur la scène, car mes yeux, perdus dans la masse humaine restée sur le quai, continuaient à m'observer, tandis que moi, aveugle et désemparée, je me tenais sur le bateau. D'autres passagers lançaient en direction du quai des serpentins de plusieurs couleurs. En l'air, les serpentins rouges se changeaient en cordons ombilicaux – dernier lien entre les passagers et ceux qu'ils aimaient. Les verts se changeaient en serpents et adressaient une recommandation qui serait malgré tout probablement oubliée pendant le voyage. Moi, je lançai un serpentin blanc. Il devint ma mémoire. La masse humaine s'éloignait lentement, la musique cessa et, au-delà de la terre ferme, le ciel se fit plus vaste. À l'instant où mon serpentin se déchira, ma mémoire cessa de fonctionner. Voilà pourquoi je ne sais plus rien de ce voyage. Les cinquante heures de traversée en bateau et les cent soixante heures dans le Transsibérien qui me conduisit en Europe sont un espace vide dans ma vie, un espace que je peux combler seulement par un récit de voyage.

3

Pages du journal

Le bateau a longé la côte vers le nord. L'obscurité est bientôt tombée, mais de nombreux passagers étaient encore assis sur le pont supérieur. On voyait au loin les lumières de petits bateaux. « Ils pêchent des calmars, dit derrière moi une voix. — Je n'aime pas le calmar. Quand j'étais enfant, il y avait tous les trois jours du calmar au dîner. Chez toi aussi ? demanda une autre voix. — Oui, répondit la troisième voix, moi aussi j'en mangeais souvent. Je me disais toujours qu'ils descendaient des monstres. — Où as-tu grandi ? » demanda la première voix.

Les voix qui murmuraient autour de moi se superposèrent lentement. Sur un bateau, tout le monde se met à construire une petite autobiographie, comme si, à défaut de le faire, on risquait d'oublier qui on est.

« Où allez-vous ? me demanda un homme assis à côté de moi. — Je vais à Moscou. » Il me regarda d'un air surpris. « Je veux voir une fois de mes yeux cette ville dont mes parents ne cessaient de parler. » Mes parents parlaient-ils vraiment constamment de Moscou ? Sur un bateau, tout le monde se met à mentir. L'homme me regarda d'un air si choqué qu'il me fallut aussitôt ajouter quelque chose. « En fait, Moscou ne m'intéresse guère, mais je voudrais connaître un jour la Sibérie. — Que voudriez-vous connaître de la Sibérie ? demanda-t-il, qu'y a-t-il en Sibérie ? — Je ne le sais pas encore. Peut-être rien de particulier. Mais il est important que je *traverse* la Sibérie. » Plus je parlais, moins j'étais sûre de moi. Il s'approcha d'un autre passager et seul resta près de moi, transparent, le mot *traverse*.

4

Quelques mois avant le voyage, j'avais travaillé, le soir après l'école, dans une usine de produits alimentaires. Une affiche proposant un voyage en Europe par le Transsibérien transforma en une somme d'argent la distance infinie qui me séparait de l'Europe.

À l'usine, pour que la viande ne se gâte pas, l'air était toujours réfrigéré. Dans ce froid que j'appelais « froid sibérien », ma tâche consistait à emballer dans du plastique la volaille frigorifiée. À côté du plan de travail était posé un seau rempli d'eau chaude dans laquelle je pouvais me réchauffer les mains de temps à autre.

Un jour, trois poules gelées m'apparurent en rêve : j'observais ma mère les poser dans la marmite. Quand la marmite fut chaude, elles se mirent tout d'un coup à vivre et s'envolèrent par la fenêtre de la cuisine. « Pas étonnant que nous n'ayons jamais assez à manger », dis-je d'un ton hargneux qui me fit peur à moi-même. « Qu'est-ce que j'aurais pu faire ? » demanda ma mère en pleurant.

À part gagner de l'argent, il y avait deux choses que je voulais faire avant le voyage : apprendre le russe et écrire le récit de mon voyage. J'écrivais toujours un récit de voyage avant le voyage, de manière à pouvoir le citer au cours du voyage. Car voyager me laisse souvent sans voix. Cette fois, il fut particulièrement judicieux d'écrire mon récit avant le voyage. Sans cela, je ne saurais que raconter sur la Sibérie. Bien sûr, je pourrais citer aussi des pages de mon journal, mais, pour être franche : n'en ayant pas tenu en route, je l'ai inventé après le voyage.

5

Pages du premier récit de voyage

Le bateau quitta le Pacifique pour la mer du Japon, qui sépare le Japon du continent eurasiatique. Depuis qu'on a découvert au Japon des restes de mammouths de Sibérie, on affirme qu'il existait autrefois une liaison terrestre entre le Japon et la Sibérie. Des hommes passèrent sans doute aussi de la Sibérie au Japon. Le Japon était donc une partie de la Sibérie.

Dans l'atlas universel qui se trouve dans la salle de lecture du bateau, j'ai vu le Japon, cet enfant de la Sibérie, tournant le dos à sa mère, flotter seul sur le Pacifique. Son corps ressemblait à celui d'un hippocampe, ce qui se dit en japonais *tatsu-no-otoshigo* – l'enfant perdu du dragon.

À côté de la salle de lecture se trouvait la salle à manger. Elle restait vide toute la journée. Le bateau tanguait sur la mer agitée et les passagers restaient au lit. J'étais seule, debout dans la salle à manger, observant la vaisselle qui glissait toute seule dans un sens puis dans l'autre sur la table, sans que quiconque la touche. Soudain, je m'aperçus que je savais, enfant, que ce jour de tempête arriverait

6

Trois ans après le voyage, je racontai ceci à une femme : à l'école, nous avions souvent des rédactions ; parfois, il fallait « raconter un rêve ». Un jour, je racontai un rêve dans lequel mon père avait une peau rouge.

Mon père est issu d'une famille de commerçants d'Osaka. Après la seconde guerre mondiale, il vint à Tokyo avec pour seul bagage un balluchon dans lequel il avait, entre autres choses, un réveil. Peu après, ce réveil, qu'il appelait « le Coq de la Révolution », s'arrêta. Mais pour cette raison même, il indiquait deux fois par jour l'heure exacte, une heure qui revenait sans faute deux fois par jour. « Le temps passe tout seul, pas besoin d'un réveil pour ça, disait-il pour défendre son réveil cassé, et l'heure viendra où la ville retentira des voix des opprimés au point qu'on n'entendra plus un seul réveil. »

Sa famille m'expliquait toujours sur un ton hostile ce qui l'avait fait quitter sa ville natale : « Il a été contaminé par le mal rouge. » Quand j'entendais ce mot, j'imaginais toujours une peau rougie par l'irritation.

C'était une place immense où se promenaient une foule de gens. Quelques-uns avaient les cheveux blancs, d'autres verts ou dorés, mais tous avaient la peau rouge.

En les regardant de plus près, je remarquai que leur peau n'était pas irritée, mais qu'elle était couverte d'une écriture rouge. Je n'arrivais pas à lire le texte. Non, ce n'était pas un texte, c'étaient les feuilles d'une éphéméride écrites les unes sur les autres. Je vis au ciel des étoiles sans nombre. Du sommet de la tour, un oiseau de feu observait la place.

C'était sûrement « Moscou », écrivis-je dans ma rédaction, dont le maître fit l'éloge sans s'apercevoir que c'était un rêve inventé. Mais quel rêve n'est pas inventé ?

Bien plus tard, j'appris que, pour quelques gens de gauche en Europe occidentale, cette ville de rêve portait un autre nom : Pékin.

7
Pages du journal

Le bateau est arrivé dans le port de la petite ville de Nakhodka, tout à l'est de la Sibérie. La terre semblait se dérober sous mes pieds. Je n'ai pas plus tôt eu le sentiment d'avoir passé une frontière, la mer, que j'ai aperçu le début des rails de la ligne de chemin de fer longue de dix mille kilomètres.

Il faisait nuit quand je suis montée dans le train. J'étais assise dans un compartiment à quatre couchettes et après moi sont arrivés deux Russes. La femme, Macha, m'a proposé des champignons marinés et m'a raconté qu'elle allait à Moscou rendre visite à sa mère. « Depuis que je me suis mariée et que j'habite à Nakhodka, ma mère est *au-delà* de la Sibérie », a-t-elle dit. La Sibérie est donc la frontière entre ici et là-bas, ai-je pensé, une large frontière !

Je me suis allongée à plat ventre sur la couchette et j'ai regardé par la fenêtre. Au-dessus des contours de milliers de bouleaux, j'ai vu des étoiles sans nombre qui semblaient sur le point de tomber. J'ai tiré de ma poche mon petit cahier et j'ai écrit :

Quand j'étais bébé, je dormais dans un hamac mexicain. Mes parents se l'étaient procuré non par romantisme, mais parce que l'appartement était si exigu que la seule place restant pour moi était en l'air. La pièce ne contenait rien d'autre que sept mille livres empilés jusqu'au plafond contre les trois cloisons. La nuit, ils se changeaient en arbres dont les feuilles poussaient l'une tout contre l'autre. Quand un camion passait devant la maison, mon hamac se balançait dans la forêt. Mais lors des petits séismes qui se produisaient fréquemment, il restait immobile en plein milieu de la maison qui tremblait, comme s'il était relié à l'eau souterraine par un fil invisible.

8

Pages du journal

Quand le premier soleil s'est levé sur la Sibérie, j'ai vu une rangée sans fin de bouleaux. Après le petit déjeuner, j'ai essayé de décrire le paysage, mais je n'y suis pas arrivée. La fenêtre avec les petits voilages ressemblait à un écran de cinéma. J'étais assise au premier rang et l'image sur l'écran était trop proche et trop grande. Le cadrage se répétait tout en changeant constamment et ne me permettait pas d'entrer dans le paysage. J'ai commencé à lire un recueil de contes sibériens.

L'après-midi, j'ai bu du thé en regardant à nouveau par la fenêtre. Des bouleaux, rien que des bouleaux. En buvant la deuxième tasse de thé, j'ai discuté avec Macha, pas du paysage sibérien, mais de Moscou et de Tokyo. Peu après, Macha est allée dans un autre compartiment et je suis restée seule à la fenêtre. Je m'ennuyais, je commençais à être fatiguée. C'est bientôt devenu agréable de s'ennuyer. Les bouleaux disparaissaient devant mes yeux et il ne restait plus que leur retour perpétuel comme dans un rêve sans images.

9

Pages du premier récit de voyage

La Sibérie, « le pays endormi » (du tatare *sib* = dormir, *ir* = terre), ne dormait pas. Il n'était donc pas nécessaire du tout que le prince vienne donner un baiser à la terre pour la réveiller. (Ce prince sortait d'un conte européen.) Ou bien venait-il ici pour trouver des trésors ?

Lorsque le créateur de l'univers, répartissant les trésors sur la terre, survola la Sibérie, il tremblait tellement de froid que ses mains se raidirent et que les pierres et métaux précieux qu'il tenait lui échappèrent. Pour dissimuler ces trésors aux humains, il recouvrit la Sibérie d'une glace éternelle.

On était en août et on ne sentait pas le froid qui avait engourdi les mains du créateur. Les peuples sibériens qui apparaissaient dans mon livre ne se montraient pas non plus, car le Transsibérien ne traverse que des contrées habitées par des Russes – il dessine le tracé de la conquête, un étroit prolongement de l'Europe.

10

Trois ans après le voyage, je racontai à une femme : Moscou avait été pour moi la ville où l'on n'arrive jamais. J'avais trois ans lorsque le Théâtre des Arts de Moscou se produisit pour la première fois à Tokyo. Mes parents dépensèrent la moitié de leur salaire mensuel pour acheter des billets pour *Les Trois Sœurs* de Tchekhov.

Au moment où Irina, l'une des trois sœurs, prononce les mots fameux « À Moscou, à Moscou, à Moscou », sa voix pénétra si profondément dans les oreilles de mes parents que ces mots, depuis, ont souvent resurgi de leur bouche à eux. Les trois sœurs non plus ne sont jamais allées à Moscou. La ville devait être située derrière la scène. Ce n'était donc pas la Sibérie mais la scène du théâtre qui était entre mes parents et la ville de rêve.

En tout cas, mes parents, souvent au chômage à l'époque, citaient parfois ces mots. Par exemple, quand mon père évoquait son projet irréaliste de fonder sa propre maison d'édition, ma mère disait en riant : « À Moscou, à Moscou, à Moscou… » Mon père disait de même quand ma mère parlait de son enfance comme si elle pouvait redevenir enfant. Bien sûr, je ne comprenais pas ce qu'ils entendaient par là. Je devinais seulement que ces mots étaient liés à une impossibilité. Comme le mot « Moscou » était toujours répété trois fois, je ne savais pas non plus que c'était une ville, je le prenais pour une sorte de formule magique.

II

Pages du journal

J'ai feuilleté une brochure donnée par le contrôleur. Les photos montraient des hôpitaux et des écoles modernes en Sibérie. Le train s'est arrêté à la grande gare d'Oulan-Oude. Pour la première fois, un grand nombre de visages non russes sont apparus dans le train.

J'ai posé la brochure et j'ai pris mon livre.

Un conte toungouze :

Il était une fois un chaman qui, capable de réveiller les morts, ne laissait mourir aucun humain. Cela le rendait plus fort que Dieu. Dieu lui lança un défi : il lui donnerait deux morceaux de viande de poule et le chaman devrait, par des formules magiques, les transformer en poules vivantes. Si le chaman échouait, il cesserait d'être plus fort que Dieu. Le premier morceau fut changé en poule grâce à une formule magique et s'envola, mais pas le second. Depuis, les hommes meurent. Généralement dans des hôpitaux.

Pourquoi le chaman fut-il incapable de changer en poule le second morceau de viande ? Ce second morceau était-il différent du premier, ou bien le chiffre deux privait-il le chaman de son pouvoir ? Pour une raison ou une autre, le chiffre deux m'inquiète toujours.

Moi aussi j'ai fait la connaissance d'un chaman, pas en Sibérie, mais bien plus tard, en Europe, dans un musée ethnologique. Il était debout dans une cage de verre et sa voix sortait d'un magnétophone à cassettes déjà un peu ancien. Cela faisait vibrer sa voix d'une manière extraordinaire, elle était plus forte que la voix sortant d'un corps humain. Le micro est l'imitation de la flamme qui renforce la puissance magique de la voix.

Normalement, les chamans peuvent se mouvoir en liberté entre les trois zones du monde, c'est-à-dire aller au ciel et dans le monde des morts en grimpant à l'arbre du monde et en redescendant. Mon chaman à moi n'était dans aucune des trois zones, mais dans une quatrième : le musée. Le nombre quatre le privait définitivement de son pouvoir. Son visage était figé par l'angoisse, sa bouche entrouverte était sèche et aucun feu ne brûlait dans ses yeux peints.

12

Pages du premier récit de voyage

J'ai mangé dans la voiture-restaurant un poisson nommé *omoul.* Il existe encore dans le lac Baïkal plusieurs espèces de poissons qui devraient être en eau salée, m'a raconté un professeur russe assis en face de moi, car autrefois le Baïkal était une mer.

Mais comment était-il possible qu'il y eût ici, en plein milieu du continent, une mer ? Ou alors le Baïkal était-il un trou traversant le continent ? Dans ce cas, ce que j'imaginais enfant – le globe comme une sphère d'eau – devait tout de même être juste. L'eau du Baïkal serait alors la surface de la boule d'eau. Un poisson pourrait traverser l'eau pour atteindre l'autre côté de la sphère.

Ainsi, l'*omoul* que j'avais mangé nageait cette nuit-là dans mon corps comme s'il voulait trouver le lieu où son voyage se terminerait enfin.

13

Il était une fois deux frères dont la mère, une artiste peintre russe, avait émigré pendant la Révolution à Tokyo, où elle vécut ensuite. À l'âge de quatre-vingts ans, elle exprima le désir de revoir sa ville natale, Moscou, avant de mourir. Ses fils lui procurèrent un visa et l'accompagnèrent durant le trajet en Transsibérien. Mais quand le troisième soleil se leva sur la Sibérie, la mère n'était plus dans le train. Les frères la cherchèrent du premier au dernier wagon. En vain. Le contrôleur raconta que trois ans auparavant, un vieil homme, ayant confondu une nuit la porte des toilettes avec celle du wagon, était tombé du train. Les frères obtinrent un visa exceptionnel et refirent le trajet inverse par les lignes locales. À chaque gare, ils descendaient et demandaient si quelqu'un avait vu leur mère. Un mois passa sans qu'ils retrouvent la moindre trace.

Je me rappelle jusqu'ici, mais j'ai dû m'endormir ensuite. Ma mère me lisait souvent des histoires qui remplissaient si parfaitement mon passage vers le sommeil que, par comparaison, le temps de la veille perdait en force et en éclat. Longtemps après, j'ai découvert par hasard dans une bibliothèque la suite de cette histoire.

La vieille artiste peintre perdit la mémoire en tombant du train. Elle ne se rappelait ni d'où elle venait, ni ce qu'elle faisait dans ce train. Elle resta donc dans un petit village de Sibérie qui, curieusement, lui semblait très familier. Mais la nuit, quand elle entendait le train approcher, elle était prise d'inquiétude et il lui arrivait même de traverser toute seule la sombre forêt pour aller jusqu'à la voie ferrée, comme si quelqu'un l'avait appelée.

14

Enfant, ma mère était souvent malade, tout comme sa mère, qui passa la moitié de sa vie alitée. Ma mère avait grandi dans un temple bouddhiste où l'on entendait chaque matin à cinq heures la prière que son père, le premier prêtre du temple, récitait avec ses disciples.

Un jour qu'elle lisait un roman assise seule sous un arbre, un étudiant qui se promenait dans le temple s'approcha d'elle et lui demanda si elle lisait toujours des livres aussi gros. Ma mère répondit sur-le-champ qu'elle aimerait lire un roman si long qu'elle ne pourrait jamais le finir, car elle n'avait rien d'autre à faire que lire.

Après être resté un moment plongé dans ses pensées, l'étudiant raconta que la bibliothèque de Moscou possédait un roman si long qu'une vie humaine ne suffisait pas pour le lire en entier. Non seulement il était long, mais il était également rempli d'énigmes et d'embûches, comme les forêts de Sibérie, c'est pourquoi, une fois entré, on s'y perdait pour n'en jamais ressortir. Depuis, Moscou est la ville de ses rêves et le centre n'en est pas la place Rouge, mais la bibliothèque.

C'est de cette manière que ma mère me parlait de son enfance. Petite fille, je ne croyais ni au roman infini de Moscou ni à cet étudiant, qui pourrait avoir été mon père. Car ma mère mentait bien, elle mentait souvent et elle aimait mentir. C'est seulement quand je la voyais en train de lire au milieu de la forêt des livres, que je craignais tout de même qu'elle puisse un jour disparaître dans un roman. Elle ne se dépêchait jamais en lisant. Plus prenante était l'histoire, plus lentement elle lisait.

En fait, elle ne voulait arriver nulle part, même pas à « Moscou ». Elle aurait préféré que la « Sibérie » fût une étendue infinie. Il en allait tout autrement de mon père : certes, lui non plus n'alla jamais à Moscou, mais suite à un héritage, il fonda sa propre maison d'édition, qui porta le nom de la ville de ses rêves.

15
Pages du journal

Il y avait toujours dans le couloir quelques hommes fumant des cigarettes à l'odeur très forte de la marque Stolica, ce qui veut dire « capitale ».

« C'est encore loin, Moscou ? » ai-je demandé à un vieil homme qui regardait par la fenêtre avec son petit-fils.

« Encore trois jours », a-t-il répondu en souriant de ses yeux encadrés par deux rides profondes.

Se pourrait-il que dans trois jours j'aie vraiment traversé la Sibérie et que j'arrive là où commence l'Europe ? Je me suis aperçue tout à coup que j'avais peur d'arriver à Moscou.

« Tu viens du Viêt-nam ? m'a-t-il demandé.

— Non, de Tokyo. »

Son petit-fils m'a regardée et lui a demandé tout bas : « C'est où, Tokyo ? » Le vieil homme a caressé la tête de l'enfant en lui répondant tout doucement mais distinctement : « À l'est. » L'enfant est resté silencieux et a regardé en l'air un instant, comme si on pouvait y voir une ville. Une ville qu'il ne verrait sans doute jamais.

Est-ce que moi aussi, enfant, je posais toujours ce genre de questions : « Où est Pékin ? — À l'ouest. — Et qu'est-ce qu'il y a à l'est derrière la mer ? — L'Amérique. »

Mon globe terrestre n'était sûrement pas rond, mais il ressemblait à un ciel, le soir, quand les lieux étrangers étincellent comme un feu d'artifice.

16

Je me réveillai en pleine nuit. La pluie tambourinait doucement contre la vitre. Le train roulait de plus en plus lentement. Je regardai par la fenêtre et j'essayai de distinguer quelque chose dans l'obscurité... Le train s'arrêta, mais on ne voyait pas de gare. Les contours des bouleaux se précisèrent, leurs peaux devinrent de plus en plus claires, et soudain une ombre bougea parmi les troncs. Un ours ? Je me souvins que de nombreux peuples sibériens enfouissaient les os des ours afin que les animaux puissent ressusciter. Était-ce un ours en train de revenir à la vie ?

L'ombre s'approcha du train. Ce n'était pas un ours, mais un humain. La mince silhouette au visage à moitié couvert par les cheveux mouillés tendait les bras et continuait de s'approcher. Je vis, venant de la gauche, la lumière de trois lampes de poche. Un bref instant, le visage de la silhouette fut éclairé : c'était une vieille femme. Elle avait les yeux fermés et la bouche ouverte comme pour crier. Quand elle sentit sur elle la lumière de la lampe de poche, elle tressaillit et disparut dans la sombre forêt.

C'était un passage du roman que j'avais écrit avant le voyage et que j'avais lu à ma mère. Dans ce roman, je n'avais prévu nul chemin secret pour ma mère. Car à la différence du roman de Moscou, le mien n'était pas long du tout.

« Ce n'est pas étonnant que ce roman soit si court, dit ma mère. Si une femme comme celle-ci apparaît dans un roman, il se termine rapidement par la mort de la femme.

— Pourquoi mourrait-elle ? *Elle*, c'est la Sibérie.

— Pourquoi est-ce *la* Sibérie ? Tu es comme ton père. Vous n'avez qu'une chose en tête : aller à Moscou.

— Et pourquoi ne vas-tu pas à Moscou, toi ?

— Parce que vous n'y arriveriez pas. Mais puisque je reste ici, vous pourriez y arriver.

— Alors je n'y vais pas et je reste aussi ici.

— C'est trop tard. Tu es déjà en route. »

17

Extrait de la lettre à mes parents

L'Europe ne commence pas à Moscou, mais bien avant. Par la fenêtre, j'ai vu un panneau haut comme un homme, avec deux flèches et, en dessous, les mots « Europe » et « Asie ». Il se dressait en plein milieu d'une prairie comme un douanier solitaire.

« Voilà, nous sommes en Europe ! criai-je à Macha qui buvait du thé dans le compartiment.

— Oui, après l'Oural, tout est l'Europe » répondit-elle, impassible, comme si cela ne signifiait rien, tout en continuant à boire son thé.

Je suis allée trouver un Français, le seul étranger du wagon à part moi, et je lui ai raconté que l'Europe commence avant Moscou. Il a eu un petit rire et m'a dit que Moscou, ce n'est *pas* l'Europe.

18

Pages du premier récit de voyage

Le serveur posa mon bortsch sur la table et sourit à Sacha, qui jouait à côté de moi avec la poupée en bois, la matriochka. De son ventre, il sortit une ronde paysanne. La petite poupée fut à son tour aussitôt démontée, et de son ventre sortit – surprise prévisible – une autre encore plus petite. Le père de Sacha, qui pendant tout ce temps avait observé son fils en souriant, me regarda et me dit : « Quand vous serez à Moscou, achetez une matriochka en souvenir. C'est un jouet typiquement russe. »

Nombreux sont les Russes qui ignorent que ce jouet « typiquement russe » ne fut fabriqué en Russie qu'à partir de la fin du dix-neuvième siècle, d'après d'anciens objets japonais. J'ignore seulement quelle poupée japonaise peut bien avoir servi de modèle à la matriochka. Peut-être une *kokeshi*, cette poupée dont ma grand-mère m'a parlé un jour : il y a très longtemps, à l'époque où les habitants de son village vivaient dans une profonde misère, il arrivait que des femmes tuent leurs enfants aussitôt après la naissance pour éviter de devoir mourir de faim avec eux. Pour chaque enfant tué, on fabriquait une *kokeshi*, ce qui signifie « l'enfant-supprimé », pour qu'on n'oublie jamais qu'elles avaient survécu aux dépens des enfants.

À quelle histoire la matriochka pourra-t-elle être associée, plus tard ? Peut-être à l'histoire du souvenir de voyage, quand les humains ne sauront plus ce qu'est un souvenir.

« À Moscou, j'achèterai une matriochka », dis-je au père de Sacha. Sacha sortit la cinquième poupée et essaya de la démonter aussi. « Non, Sacha, c'est la plus petite, s'écria son père. Maintenant, il faut que tu les remettes l'une dans l'autre. »

Le jeu reprit alors en sens inverse. La plus petite poupée disparut dans celle de taille supérieure, cette dernière dans la suivante et ainsi de suite.

J'avais lu dans un livre sur les chamans que nos âmes peuvent nous apparaître en rêve sous forme d'animaux, d'ombres ou bien de poupées. La matriochka est sans doute l'âme des voyageurs de Russie qui, plongés dans le sommeil, rêvent de la capitale alors qu'ils traversent la Sibérie.

19

Je lisais un conte samoyède

Il était une fois un petit village de sept tentes où vivaient sept tribus. Durant le long et rude hiver, quand les hommes étaient à la chasse, les femmes restaient dans les tentes avec les enfants. Il y avait parmi elles une femme qui aimait tout particulièrement son enfant.

Un jour qu'elle se réchauffait tout près du feu avec son enfant, une étincelle jaillissant du foyer tomba sur la peau de son enfant. L'enfant se mit à pleurer. La femme gronda le feu : « Je te donne du bois à manger et tu fais pleurer mon enfant ! En voilà des manières ! Je vais t'arroser d'eau ! » Elle versa de l'eau sur le feu, qui s'éteignit.

Le froid et l'obscurité envahirent la tente et l'enfant se remit à pleurer. La femme alla à la tente voisine chercher un autre feu, mais à peine eut-elle pénétré sous la tente que le feu s'y éteignit aussi. Elle alla à la tente suivante mais il se passa la même chose. C'est ainsi que s'éteignirent les sept feux et que le froid et l'obscurité se répandirent dans le village entier.

« Sais-tu que nous serons bientôt à Moscou ? » me demanda Macha. Je fis oui de la tête et poursuivis ma lecture.

Quand la grand-mère de l'enfant apprit ce qui s'était passé, elle entra dans la tente de la femme, s'accroupit et plongea les yeux dans l'âtre. Une très vieille femme était assise tout au fond de l'âtre, la maîtresse du feu, le front ensanglanté. « Que s'est-il passé ? Que devons-nous faire ? » demanda la grand-mère. D'une voix sombre et grave, la maîtresse du feu raconta que l'eau lui avait déchiré le front et que la femme devait sacrifier son enfant ; ainsi, les hommes n'oublieraient jamais que le feu venait du cœur de l'enfant.

« Regarde par la fenêtre ! C'est Moscou ! cria Macha. Tu *la* vois ? C'est Moscou ! »

« Hélas, qu'as-tu fait ! s'écria la grand-mère, fâchée contre la femme. Par ta faute, le village entier a perdu le feu ! Tu dois sacrifier ton enfant, sinon nous périrons tous de froid ! » La mère se lamenta, pleura de désespoir, mais elle n'y put rien changer.

« Regarde donc par la fenêtre ! Nous sommes enfin arrivés ! » s'écria Macha. Le train ralentissait.

Quand l'enfant fut posé dans l'âtre, les flammes jaillirent de son cœur et le village entier fut illuminé, comme si l'oiseau de feu avait touché terre. Dans les flammes, on vit la maîtresse du feu qui prenait l'enfant dans ses bras avant de disparaître avec lui dans la profondeur de la lumière.

20

Le train arriva à Moscou, une femme d'Intourist s'approcha de moi et me dit que je devais rentrer sur-le-champ car mon visa n'était plus valable. Le Français me chuchota dans l'oreille : « Crie très fort que tu veux rester ici. » Je criai si fort que les murs de la gare s'effondrèrent. Derrière les débris, je vis une ville qui me parut très familière : c'était Tokyo. « Crie plus fort, sinon tu ne verras jamais Moscou ! » dit le Français, mais je ne pouvais faire plus, car la gorge me brûlait et ma voix était partie. Je vis un étang au milieu de la gare et m'aperçus que j'avais une soif insupportable. Après avoir bu de l'eau de l'étang, j'eus mal au ventre et je m'étendis aussitôt sur le sol. L'eau que j'avais bue prit de plus en plus de place dans mon ventre et forma bientôt une grosse boule d'eau sur laquelle étaient écrits des milliers de noms de villes. Je *la* trouvai parmi tous ces noms. Mais déjà la boule commençait à tourner et les noms se mêlaient les uns aux autres jusqu'à devenir totalement illisibles. Je *la* perdis. « Où est-elle ? demandai-je. Où est-elle ? — Mais elle est là. Tu ne la vois pas ? répondit une voix dans mon ventre. — Viens dans l'eau avec nous ! » cria dans mon ventre une autre voix.

Je sautai à l'eau.

Il s'y dressait une haute tour éclairée d'une lumière étrange. Au sommet de la tour était perché l'oiseau de feu, crachant des lettres de feu, M, O, S, C, O, U, et ces lettres se métamorphosèrent : M devint mère et m'enfanta à nouveau dans mon ventre. O devint *omoul* et se mit à nager avec S, petit hippocampe. C se changea en cercle, un cercle d'eau. U s'était depuis longtemps changé en un monstre qui me semblait familier.

Mais l'autre O ? L'autre O devint un fruit étranger que je n'avais jamais mangé, une pOmme. Ma grand-mère ne m'avait-elle pas parlé de l'avertissement du serpent : il ne fallait pas boire une eau étrangère ? Mais un fruit, c'est tout de même autre chose que de l'eau. Alors pourquoi ne dois-je pas manger le fruit étranger ? Je mordis dans la pomme et avalai sa chair juteuse. À cet instant, la mère, l'*omoul*, le S hippocampe, le cercle et le monstre disparurent de ma vue. Un froid silence se fit. Il n'avait jamais fait si froid en Sibérie.

Je m'aperçus que j'étais en plein milieu de l'Europe.

1988

Note du traducteur

Dans *Il ne faut le dire à personne, mais l'Europe n'existe pas,* Yoko Tawada fait référence à son roman *Das Bad* (Le bain), écrit en japonais et traduit en allemand par Peter Pörtner (Tübingen, 1989) ; le titre est une citation du poème auquel elle fait allusion p. 28, *Touristen* (Touristes), publié dans son premier livre, *Nur da wo du bist da ist nichts* (Là où tu es et seulement là, il n'y a rien, traduit du japonais par Peter Pörtner, Tübingen, 1987).

Dans *Corps de l'écriture, corps écrit,* p. 37, Yoko Tawada fait allusion à Sigrid Weigel et à Unica Zürn.

Universitaire et essayiste, Sigrid Weigel est actuellement professeur de littérature allemande à la Technische Universität de Berlin où elle dirige aussi le Centre de recherches en littérature ; elle a publié notamment des ouvrages sur Walter Benjamin et Ingeborg Bachmann. Yoko Tawada a écrit sous sa direction une thèse intitulée *Spielzeug und Sprachmagie in der europäischen Literatur. Eine poetologische Ethnologie* (Jouet et magie du langage dans la littérature européenne. Une ethnologie poétologique, Tübingen, 2000). Unica Zürn (1916-1970), écrivain, auteur d'anagrammes et de « dessins automatiques », fut la compagne du peintre Hans Bellmer. Ont notamment été publiés *Oracles et spectacles,* Paris, G. Visat, 1967 ; *L'Homme-jasmin,* trad. de Ruth Henry et Robert Valençay, Paris, Gallimard, 1999 ; *Vacances à la maison blanche et autres textes,* trad. de Ruth Henry, Paris, Joëlle Losfeld, 2000.

Dans ce même texte, Yoko Tawada cite, p. 34, un texte de Lacan dont le titre complet est *Le Stade du miroir comme formateur de la fonction du Je telle qu'elle nous est révélée dans l'expérience psychanalytique* (Jacques Lacan, *Écrits*, Paris, éd. du Seuil, 1966, p. 93-100).

Musique des lettres fut écrit à la suite de l'atelier franco-allemand de traduction qui s'était tenu à Marseille en 1998 et au cours duquel Yoko Tawada avait établi, à partir d'une traduction mot à mot, une version allemande de textes de Véronique Vassiliou.

Quelque chose d'étranger sorti de la boîte, *Narrateurs sans âmes* et *Il ne faut le dire à personne, mais l'Europe n'existe pas*, sont extraits du volume *Talisman* (Tübingen, Konkursbuchverlag, 1996).

Corps de l'écriture, corps écrit a paru dans le volume collectif *Zuerst bin ich immer Leser. Prosa schreibe ich heute* (Je commence toujours par être lecteur. Aujourd'hui j'écris de la prose, dirigé par Ute-Christine Kruppe et Ulrike Jansen, Francfort-sur-le-Main, éditions Suhrkamp, 2000).

Visa-JE-s et *Reflet* sont extraits du volume *Aber die Mandarinen müssen heute abend noch geraubt werden* (Mais il faut voler les mandarines dès ce soir, Tübingen, Konkursbuchverlag, 1998). *Reflet* est publié ici, avec quelques remaniements, dans la traduction de Véronique Vassiliou et Bernard Banoun, établie avec l'auteur lors d'un atelier de traduction à Marseille en 1999 et parue d'abord en bilingue dans la revue *Passage* 3 (2000).

À la recherche de la huitième chose a paru dans le supplément *NZZ Folio* de la *Neue Zürcher Zeitung* du 6 juin 1996.

Une bouteille vide a paru dans le *NZZ Folio* du 9 septembre 1998 sous le titre *Der Rest ist Reden* (Le reste est discours).

Musique des lettres a paru pour la première fois en bilingue dans la revue *Passage* 2 (1999). La traduction donnée ici est légèrement remaniée.

Là où commence l'Europe est extrait du recueil du même nom (Tübingen, Konkursbuchverlag, 1991). Une traduction de ce texte par Françoise Toraille avait précédemment paru dans la revue *LITTERall*, n° 7.

Le volume intitulé *Überseezunge* (Langue transocéane, Tübingen, Konkursbuchverlag, à paraître en 2002) comprendra : *Corps de l'écriture, corps écrit*; *À la recherche de la huitième chose*; *Une bouteille vide*; *Musique des lettres.*

DANS LA MÊME COLLECTION

LEOPOLD ANDRIAN
Le Jardin de la connaissance

RUDOLF BORCHARDT
Déshonneur

ALFRED DÖBLIN
Ætheria

WOLFGANG HILDESHEIMER
Masante

HUGO VON HOFMANNSTHAL
La Femme sans ombre
L'Homme difficile

GERT JONKE
L'École du virtuose
La Guerre du sommeil
La Tête de George Frédéric Haendel
La Mort d'Anton Webern

ALFRED KOLLERITSCH
Allemann

ROBERT MENASSE
La Pitoyable Histoire de Leo Singer

RAINER MARIA RILKE
Lettres à Yvonne von Wattenwyl
Poèmes à la nuit
Chant éloigné

LUISE RINSER
Miryam

LEOPOLD VON SACHER-MASOCH
L'Amour de Platon

NELLY SACHS
Éclipse d'étoile

ANNEMARIE SCHWARZENBACH
Nouvelle lyrique

JOSEF WINKLER
Le Serf
Cimetière des oranges amères
Quand l'heure viendra

Imprimerie des Presses Universitaires de France
73, avenue Ronsard, 41100 Vendôme
Imprimé en France
pour Verdier Editeur
Février 2001 — N° 48 102